キム・チョヨプ
デュナ
チョン・ソヨン
キム・イファン
ペ・ミョンフン
イ・ジョンサン

最後のライオニ

韓国パンデミックSF小説集

斎藤真理子
清水博之
古川綾子
訳

河出書房新社

最後のライオニ

韓国パンデミックSF小説集

A P O C A L Y P S E

第 一 章

黙 示 録

終わりとはじまり

끝 과 시 작

最後のライオニ

최후의 라이오니

キム・チョヨプ 김초엽
古川綾子 訳

ひとりでここに来たのは誤った判断だったと薄々気づいていた。一緒に行くと言ってくれたルジにそうしようと答えるべきだったのに。勇気も、大胆さも、生存能力も、危機的状況に対する知識も足りないくせに、一体どうしてひとりで行くなんて意地を張ったんだろう。もちろん理由はわかっている。自分自身に、そして同僚や先輩たちに何かを証明したかった。私だってロモンとして滅亡の現場に向き合えるし、気弱なだけの個体ではないと。単独指名という形でシステムに依頼されたこの未知なる場所の探査を、無事に終えて帰還すると。でも自分の能力を証明するなんて目的で来るには、ここは危険すぎる場所だった。

この三日間で、一歩間違えれば死んでいたかもしれない四度の危機を切り抜けた。どうしてこんなにと思うほど、たくさんの罠が仕掛けられていた。勇敢なロモンたちとは違い、私はそのたびに恐怖におののいてへたり込み、死体になってウジ虫が湧いている自分の最期を具体的に想像しながら、出口に向かって駆け出したい衝動にイラついた。ここの構造は迷路みたいに複雑で、不幸なことに道に迷った。必死に出口を探しているのに、どういうわけかその努力は私をさらに奥深い場所へと押し入れる。昨日まで知らなかった事実だが、自分がこの廊下を歩くのは五度目だと今日になって気づいた。私が記録した地図は滅茶苦茶だった。地図の記録をやめて、音声記録の日誌形式に切り替えたのはそのためだった。

もし私が罠にかかって死亡したり、失踪して行方不明になったりしたら、この記録は真っ先に友人のルジへと転送されるはずだ。それを思い出したらルジに感謝と謝罪の言葉を伝えたくなった。そうだね、ルジ。あんたが正しかった。次からはちゃんと言うことを聞くから。次があればの話だけど。

さて、記録を再開する。

今日は３４２０ＥＤ居住区の探査四日目。３４２０ＥＤはとてつもなく広いが、その規模に似合わず静まり返っている。現実には踏む人などいないたくさんの罠と地雷、プラズマ保安システムを除いては。居住区の内部には文明の痕跡と言えるようなものは大して残っていない。一時は繁栄を誇った文明だと思われるが、誰かが意図的に存在を消してしまったようだ。それが誰なのか、消してしまった理由は何なのか、ここを最後に占領した者たちはどこに行ったのか、今となっては漠然とした手がかりすらも見えない。

この奇妙な場所の情報に接したのは二ヵ月前だった。ロモンの噂話なら何でも知っているルジが、真っ先に私に教えてくれた。遠い惑星系で発見された謎の宇宙居住区について。近くを通りかかった広域探査船が最初に発見を知らせてきたのだが、外見から推定するに最低でも千年以上は経過している人工の構造物と推定され、現在のレベルに引けを取らないほど優れた技術文明を保有していたと見られるという話だった。

学者たちはここを3420EDと命名した。居住が可能な惑星がひとつもない惑星系の三番目の軌道にぽつんと浮かんでいた3420EDの存在は、多くの関心を集めた。これほど大規模な居住区が孤立状態を続け、滅亡後に突然その姿を現したという事実は、陰謀論者や歴史学者の好奇心を刺激する一面があったからだ。ある勇敢な研究チームが危険を顧みずに研究の許可を取りつけたが、居住区にドッキングする直前になって引き返し、逃げたという噂が飛び交った。彼らはこの居住区に変異した宇宙の昆虫がうようよしていると主張したが、誰もその言葉を信じなかった。実際に探査中の私の見解では、ここは変異した昆虫どころか、一時でも生命体だった有機物のひとつすらも発見できるかどうかという場所だ。

３４２０ＥＤに向けられた関心はすぐに薄れた。ロモンの基準で判別するならば、おそらくここはさまざまな噂を生む場所ではあるが、噂は噂の域を出ないから興味深いのであって、実際には特別な希少資源や情報収集の依頼もなく、探索したり観測する必要のない「価値のない滅亡」の場所だからだろう。

友人たちは３４２０ＥＤに行くという私をとめた。探査する価値はないし、ナノマシンによる浄化作業すらも済んでいない、危険要素だらけの場所だと言った。ロモンは銀河系のどの種族よりも危険を冒すことを楽しむ部類に属するが、彼らのリスクの許容度は計算し尽くされている。ただ危険なだけで、危険の見返りとして得られるものがない場所にロモンは一瞥《いちべつ》もくれない。

もしかすると友人たちが正しかったのかもしれない。四日間ずっと休まず歩き続けたが、意味のある証拠はひとつも見つけられなかった。ここで何かを発見できるだろうと思っていた自分が恨めしかった。

＊

今日が何日なのかはっきりしない。攻撃を食らった私は意識を失い、昨日になって目覚めた。たぶん三日か、それ以上の時間が経過している。デジタル時計はまともに動いていない。

機械たちに捕まった。居住区は空っぽだし、残されていた罠にはずっと前に滅亡した人間が仕掛けた痕跡しか残っていないと思った私の判断ミスだった。またしても判断を誤るとは。私の記録は一事が万事、こんな調子だ。「誤断だった」、「ミスだった」……。

機械たちは居住区の決まったエリアに、彼らだけのシンプルな文明を構築していた。これは推測だが、３４２０ＥＤの人間は感染症にやられて全滅したのだろう。それもかなり前に。だが機械は感染せずに生き残り、彼らの世界を作りあげた。居住区全体を占領しているわけではなさそうだ。おそらく人間が設置した罠を除去できなかったか、この広い空間全体を必要としなかったからだろう。

機械が革命を起こした可能性についても考えてみた。この居住区が感染症で滅亡したという最初の報告そのものが間違っていたのかもしれない。機械の革命によって滅びた居住区の回収作業を二度ほど行ったことがあるが、ここと雰囲気が似ていた。通行の妨げになる腐敗した有機物が通路に残っている状態を機械は好まない。だから機械が支配する居住区では散乱する死体を発見するのが難しい。だが判断を下すには情報が少なすぎる。ここの機械たちは反乱を起こすほど「十分に」攻撃的ではない。彼らは私を捕まえて密閉された部屋に閉じこめたが、私に対してそれ以上の攻撃を加えたり、虐待したりはしなかった。それだけでなく、この部屋の大気の質は人体に適合するよう維持されていて、ヘルメットを脱いでも楽に呼吸ができた。機械たちは私を殺すつもりはないようだ。それとも「まだ」殺すつもりはないのか。彼らの虐待行為と言えば、喉が渇いたと訴える私に腐った卵の味がする水を差し出してくる程度だ。

セル。私を捕まえた機械はセルと名乗った。機械たちのリーダーらしかった。彼らの会話から推測するに、この居住区全体のシステムを預かっている存在といったところだろうか。セルは視覚を失ったロボットだが、正確には光信号のインプットデバイスを失った機械だった。おそらく交換部品が見つからなかったのだろう。機械たちは人間に比べて体の部位を交換するのが簡単だという長所があるが、ここのように孤立した居住区ではそういう長所はなんの役にも立たないわけだ。セルの本体部分の表面は金属製で、流麗で細かな装飾が陰刻で施されており、機械としての彼が一時期どの程度の地位にあったか見当がつく。だが現在のセルは全身にちぐはぐな部品を付け足し、古道具屋なんかで発見されそうなおかしな姿をしている。機械のキメラになったセルはよろめきながら動く。目が見えないからか、やたら立ち止まっては不自然な転び方をする。何かにぶつかるたびにけたたましい音をたてる。

セルは私に言う。昨日も、そして今日も。

「ライオニ、あなたはライオニだ」

私と出くわしたときも似たようなことを言った。「ライオニ、ついに帰ってきたのか」。ここを調査するためにやってきたロモンだと言うと、機械たちは私を監禁した。

ライオニは、この居住地の滅亡と緊密な関係にある存在だと思われる。機械たちはもしかすると、私がここの滅亡を招いたと信じているのだろうか。だとしたら一体どうしてそんな結論に至ったのだろう。機械たちはかなり古そうな気持ちの悪い缶詰を寄こし、私は彼らに話しかけたら余計な衝突を生むかもと、おとなしく食べ物を口に入れる。不安なのでなるべく対話は試みない。たまに勇気を振り絞って「ねえ。私はライオニじゃないってば。ここから出して」と言ってみるが、感情の読めない機械たちの視線がじっとこちらに向けられるだけだ。

私が思うに、セルというあの頭のおかしなリーダー以外の機械は、私がライオニじゃないって事実に気づいているみたいだ。でも、だとしたら他の機械はどうして私を解放してくれないのかという疑問が残る。彼らが何を望んでいるのかさっぱりわからないという事実が、私をさらに落ち着かなくさせる。

＊

——要求は何？

——トンネルを越えて、我々を安全に輸送してくれること。それから、あなたが向かう場所に我々を連れていくこと。それがあなたの約束だった。あなたは我々の主人だ。なぜ覚えていないのか？

——あなたたちの望みがこの惑星からの脱出なら、いくらでも可能性はあると思う。トンネルドライブができる私の回収船が外にあるから。それであなたたちを連れてってあげる。でも私は主人じゃない。それは確実。

——あなたはライオニだ。私は確信している。あなたは我々を連れ出す方法を知っている。

——私はライオニじゃない。お願いだから、もう一度よく考えてみて。

——あなたはライオニだ。我々を救出するために戻ってきた。

セルとの会話を録音した。十回以上は再生してみたけど、どうして私をライオニだと固く信じているのかは未だにわからない。私に何を望んでいるのかも。セルは、私がライオニじゃない可能性そのものを受け入れられていない。すべてが間違っていて、セルの壊れた論理回路を直す方法はないのかもという気になる。

ライオニが誰なのか知らないが、今となってはとにかく恨めしい。機械の言葉をまとめてみると、ある時期に彼らの主人だったライオニは彼らと違って人間だった。セルがあそこまで確信してるところを見ると、おそらく私と似ている部分があったのかもしれないが、光信号のインプットデバイスがないセルが、私のどこを見てそう判断したのかは疑問だ。

ライオニのふりをすることも考えたが、本物についての情報がこれしかない立場としては、どんな話をすればいいのかさえもわからない。「私はライオニで、あなたたちを回収船に乗せるために来た」。そう言ったら機械たちは信じるんだろうか?

セルは私の記憶が戻るのを待っているようだ。この部屋に何日か閉じこめておけば、いつか思い出すだろうと信じているらしい。でもそんなこと起こりっこない。この居住区が迎えた「滅亡」が、本当に数百年前の出来事だとしたら……ライオニはずいぶん前に死んでいる。機械と違って人間はそんなに長生きできないから。その事実を受け入れるよう、どうやったらあの機械たちを説得できるか悩んでいるが、なかなか案は浮かんでこない。

＊

数日が過ぎたが、私は相変わらず胡散臭い培養槽が立ち並ぶ培養室で捕らわれの身だ。機械たちが持ってくる缶詰は不味さの種類が毎日変わる。

不安と恐怖、そしてほんの少しの退屈さに身震いしながら個人のデバイスに残された過去の記録を振り返っていたら、こんな文章を発見した。まともにこなした任務などひとつもない最低の回収人だったころ、生計のためにネット上に色々な文章を寄稿していたことがあったのだが、おそらくそのときに書いたものだろう。

宇宙には二つの滅亡がある。価値のある滅亡と価値のない滅亡。人類が惑星から惑星、星から星へとどんどん広がって繁栄するようになってから、宇宙の至るところで毎日のように居住地が死を迎えると同時に、新たに誕生している。滅亡の規模は小さなものではひとり、もしくは一家族が居住する小規模な居住船から、大きなものでは惑星系全体を飲みこむケースもあった。多くの滅亡が遺した廃墟を漁っていると、死はどれも同じだし、死の前では宇宙のあらゆる生命体は一様に無力だと思うようになるかもしれない。だが実際はそうではない。ある種の滅亡には他の滅亡よりも価値がある。少なくとも私たちロモンにとってはそうだ。

　私たちは滅亡の現場へと旅立つ。死のにおいに本能で導かれる。ロモンは有能な遺品整理士で、有用な資源を見逃さないハイエナで、滅亡の手がかりを探索する一級の捜査官だ。惑星ひとつの生態系が生と死の循環の上に成り立っているように、死の循環を宇宙全体へと拡大してみると滅亡の価値が明らかになってくる。死は他の命を支えるものだ。私たちは滅亡した廃墟から生の温もりが残る資源と情報を回収して、宇宙の別の空間へとそれらを送る。ロモンがほとんどの巨大な回収船を自在に操り、回収に使われる複雑な装備にも手慣れていて、トンネルドライブに耐えうる体を持っていることから、他の種族は私たちを有能だと言うが、それ以前にロモンは生まれつきの回収人なのだ。生まれたときから死や苦しみに対する不安がほとんどなく、成長過程においても残酷な現実のあるがままの姿と向き合う強靭さを備えるよう訓練を受ける。惑星の生態系の中で微生物が再生の原料として死を循環させているように、私たちは全宇宙規模の循環の媒介者を自称しており、こうした命の法則に自負心を持っている。私たちは他人の死に寄生して生きているが、それは宇宙のあらゆる命に適用されるのだ。

ここには今の私が同意しかねる表現が見受けられる。「私たちロモン」という表現からしてそうだ。私は自分の種族、ロモンに対して所属意識を持っていない。おそらくこの文章を書いたのは、自分がロモンとして受け入れてもらえるように苦労していた、平凡なロモンじゃない自らを認められなくて苦しんでいたころだったと思う。当時のことが頭に浮かんできそうになると、意識して回想を中断していた。あまりにもつらかったからだ。だがここで許されている行動と言ったら思考しかないから、過去について考えることをやめられずにいた。

私が気弱なロモンだという事実は幼いころから叔母たちの心配の種だった。友だちが十歳くらいから滅亡した居住区へ回収作業の補助として入り、終末のシミュレーションを体験し、誰がもっとも珍しい形をした骸骨を発掘してくるかという競争をしていたとき、私は部屋に引きこもって自分が明日死ぬかもしれない数百種類の可能性について考えていた。滅亡を迎えた世界を目撃すると、その滅亡が自分にも押し寄せてくる瞬間をひっきりなしに想像していた。感染症に罹患したせいで愛する人と迎えられない最期の瞬間を、天体の衝突によって別れの挨拶すらできない終わりを、ナノマシンに気道を塞がれて膝から崩れ落ちる苦しみを。この想像がなぜ不思議かと言うと、ロモンが目撃する滅亡の現場にはこうした具体的な死の瞬間は存在しないからだ。それなのに私はいつも、そこに漂う死の空気が自分を飲み下すかもしれないと考えていた。滅亡した世界の空気には一時期は人間だった塵が混じっている、だから私の吸う息には死者が存在しているんだという思いを振り払うことができなかった。

普遍的な人間よりはるかに大胆で強靭で勇敢だというロモンの一般的な特性は、私には当てはまらない。死を前にしたロモンは自身の役割、完遂すべきミッションのことしか考えない。でも私はいつも恐怖におののく。違う何かに生まれたのに、間違ってロモンに分類されたのではないかとたまに思うことがある。鏡に映る外見は同僚たちとそっくりなのに、逆にそのせいで間違った体に心が移植されたような感覚が強くなっていく。

間違った種《しゅ》に閉じこめられているという感覚。人生で常に感じてきたこの感覚こそが、狭い培養室に閉じこめられてもまだ正気を保っていられる唯一の理由なのかもしれない。

ここに来ることを決めた本当の理由を思い出した。３４２０ＥＤに来る許可証をもらったとき、同僚のロモンたちはどうしてなんの価値もない場所に旅立つのか知りたがった。遺品を探してほしいとか、特殊な研究資料に使う調査をしてほしいという、よくある依頼も来ていなかったし、3420EDからやってきた人たちの子孫すらも見つかっていなかったから、いわばここは宇宙規模の無縁仏というわけだった。

システムは私に3420EDの単独調査を依頼してきた。

誰にも言ってないこの事実が、当時の自分には何らかの啓示や運命のように思えた。ロモンや回収人としての成長はおろか、この仕事をやっていけるのかさえも疑わしかった自分にわざわざ依頼をする人はいなかった。私はいつでも受注できる単純な整理作業、例えば酸素の供給ミスで死亡した四人家族の超小型居住区を火星の軌道から回収してくるような、そんな仕事を主に担当していた。すでにナノマシンが遺体を処理した後だったから頼まれた遺品だけをかき集めれば済む、比較的楽な仕事だった。その程度のミッションでも整理が終わっていない痕跡、床の血痕や、家具の後ろから見つかった毛髪を見るたびに恐怖におののいていた。

依頼リストに上がった当初、3420EDの優先順位は最下位に分類されていた。依頼人は匿名で、報酬はとんでもなく安く、依頼目的は「単純な内部調査」とあるだけで、正確に何を調べてほしいのかはっきりしなかった。私はすぐに、自分のリストにしかその依頼が載っていないことに気がついた。これまで単独調査を依頼された経験がなかったから、どうやって区別するのか知らなかったのだ。

ルジは大したことなさそうに言った。

――依頼に適合する特定のロモンがいると、たまにシステムが選別して依頼を回すこともあるよ。でもあんたの場合は違うんじゃない。３４２０ＥＤが危険だっていうのはみんな最初から知ってるし、回収する価値がないから誰も行かないわけだし。

私はその依頼を断ることもできた。でもそうしなかった。はじめての単独調査の依頼だったが、平均点どころか踏みつけられて挫折を味わう経験ばかりしていると、慰めてくれる些細な言葉にも心が揺れるようになる。私にとってはそれが単独調査の依頼だったというわけだ。他の人からしたらくだらない要請、無視してしまっても構わない一行きりの依頼だったが、私には自分の価値をようやく証明するときが来たというシステムからのアドバイスに思えた。「お前も役に立つロモンだ。それを証明してみなさい」という。

そうじゃなかったって今ならわかる。あれはただのシステムエラーだった。私の誕生がシステムのクローニングエラーだったように。

３４２０ＥＤに来ることになったもうひとつの理由。単独調査の依頼を受けるか悩んでいたとき、以前に選抜された研究陣がネットワークにアップした居住区の外観を見た。これまで掃いて捨てるほど目撃してきた滅亡の場所とさして変わらない居住区だった。でもその写真を目にした瞬間、理解できない何かによって気持ちが安らぐのを感じたのだ。死がそこにあるとわかっているのに、それを耐えられないほどの恐怖だと思わなかった。そのときに、私以外のロモンが普段感じている感情はこれなのだと理解した。ずっと自分の欠陥の根源を見つけようとさまよってきた。そして３４２０ＥＤに行けば、欠陥についての小さな手がかりを見つけられるかもしれないと思った。

この話を同僚たちにしなかったのは、わざわざ失笑を買うような真似をしたくなかったからだ。こんな場所まで行く理由が、ち密な計算や損失を見極めて下した結論ではなく、はじめて依頼された単独調査だったから、そして３Ｄ写真を見て「安らぎ」を感じたから、だなんて。しかもその漠然とした感覚さえも間違いだったと明らかになった。ここをさまよいながら私は何度か恐怖に襲われたし、今はついに本物の死の危機に直面しているわけだから。

それでも理解できないのは、これまででもっとも致命的な危機にあるのに、今の自分が思ったより平気だという事実だ。もちろん不安だ。機械たちが戻ってきていつ私の命を奪ったとしてもおかしくない。培養室は恐ろしいほど息苦しいし、暗くて、無理やり缶詰を口に押しこむたびに吐きそうになり、時間の感覚も少しずつなくなっていく。それでもこれまでの私が他の場所で感じた恐怖ほどではない。もしここで死ぬとしたら、本当におかしな話だけど、死をそのまま受け入れられそうな気がする。一体ここの何がそうさせるのだろうか。

*

今日はセルが現れない。他の機械たちもやってこない。部屋に残っていた缶詰を食べた。昨日の飲みかけの水を飲んだ。人工照明がある外側ならともかく、培養槽の横にいては昼か夜かの判断もつかない。幸い時計があるから時間の流れは把握できる。

私は何もせずに時間が流れていくのを見守った。

デジタル時計の時刻は夜の9B時、セルじゃない機械がドアをノックした。今日はどうしてセルが来ないのだと尋ねると、状態が悪化したと言う。最初はその言葉がすぐに理解できなかった。まるで人間の健康について話すみたいに、機械の体が「悪化した」だなんて。機械がもう一度言った。セルは死にかけていると。おそらく十日以内に作動が停止するだろう、そうなったらシステムを維持できる唯一の個体が消え、この居住区も消滅へと向かうだろうと。機械たちはこれまでお互いを修理するやり方で生き延びてきたのだろう。もはやそれすらもタイムアップを迎えたわけだ。

私には好都合なのかもしれない。セルが死ねば、もうライオニの自我を取り戻せと、あの機械たちに強要されることもないだろうから。

機械はセルを修理する方法を知らないかと訊いてきた。私は知らないと答えた。代わりに機械たちを修理できる惑星に回収船で連れていくのはどうかと提案した。トンネルを一度だけ越えれば人間が居住する惑星系に行くことができる。

だが私の言葉に対し、機械はまるで人間みたいに首を横に振りながら言った。

「我々はトンネルドライブができません。保護設計がされていませんから」

彼らが数百年前に作られた旧式の機械だということを思い出した。最初からこの居住区で製造され、使用後は廃棄するように設計された機械だったから、費用のかかるトンネルドライブの保護装置は設計図に適用されなかった。ドライブをしたら機械の内部にある電子回路が完全にいかれてしまうだろう。だがこの居住区からトンネルを越えずに到達できる文明はない。

自分たちを連れていってくれというセルの言葉の意味がようやくわかった。機械を回収船に乗せて脱出するのは物理的になんの意味もない。彼らの電子脳は破壊されるだろうから。トンネルを越えたら、彼らはただの古い鉄の塊でしかなくなる。機械としては完全な死を意味する。

セルがライオニを待っていた理由も見当がついた。ライオニは無事に彼らをトンネルの外に連れ出す方法を見つけると約束して旅立ったのだろう。だが帰ってこなかった。方法が見つからなかったのかもしれないし、方法はわかったけれど、最初から戻るつもりはなかったのかもしれない。いずれにせよライオニは約束を守らなかった。彼らは主人に捨てられたのだ。私も機械たちもその事実を知っている。

ただセルだけが、その事実を理解していない。今でも私がライオニだと信じている。

「セルに会いに行くつもりですか？ 今はコントロールセンターに固定されています」

わざわざセルに会いに行くかと尋ねるところを見ると、機械たちは私に何かを期待しているらしかった。彼らのリーダーに対して最後の同情を示してほしいという意味だろうか？　私は首を横に振る。もちろん同情を感じていないわけではない。待ち続けた挙句に狂ってしまったセルが気の毒だったし、機械を憐れに思う自分に当惑していた。彼の孤独と心細さは理解できた。

でも私はライオニではない。いくら死にかけている機械とは言え、下手にライオニの真似などしたら、嘘だとすぐに見抜くだろう。本当にライオニじゃなかったという事実を知ったら、彼がどうするのかが不安だった。セルは私を殺すこともできる。機械たちはわざわざ武器を突き付けて脅迫する必要もない。彼らの前面のもっともよく見える場所には、常に私に向けられている銃口がついているのだから。何よりセルを騙したくなかった。

私の拒絶に機械は乾いた声で答える。
「わかりました」
ガラガラと音を立てながらドアのほうに向かう機械の後ろ姿を見つめる。

一日に十数回ずつ、居住区の重力が不安定になりはじめた。私は硬いマットに横たわって嘔吐しながら死を思う。乾ききった水槽に吐しゃ物が溜まっていく。重力場が激しく揺れるたびに吐しゃ物が散らばって、培養室はめちゃくちゃになる。ここでの私は、まだ生存している唯一の有機物だ。外側の窓が割れる音、構造物の破壊が起こす巨大な振動、悲鳴のようなサイレン音が浅い眠りについた私を揺り起こす。夢の中の私は救助されたのに、目覚めると再び滅亡の現場に来ている。滅亡ってこういうものなのか。死の訪れに静寂などあり得ない。ここを構成するあらゆる物質が悲鳴をあげながら苦しみを訴えているようだ。これまで目撃してきた廃墟の侘しさと静寂は、どこまでも生きてそれを見ている者のものだった。少なくとも死につつある者のものではなかった。今ごろになってそんなことに気がついた。

セルが死ぬ瞬間、この居住区も終焉を迎えるのだろう。私もまた、その滅亡を免れることはできないのだろうという気がした。

*

居住区の外側の構造物が破壊されて分離した。天井と床を激しく揺さぶる大きな振動に驚いて硬直していたが、次から次へと物が落下し、振動が収まると、ようやく自分の心臓の鼓動だけが聞こえるようになった。我に返った私は培養室のドアをひたすら叩いた。ドアを開けてくれた機械たちは、「まだ」内部の構造物は残っているから安心しろと言った。

今の培養室は一日に一時間だけ灯りがともる。それ以外は闇に沈んでいる。一時間だけのかすかな灯りを頼りに、私は黙々と缶詰の中身を口に押しこむ。でも、こんなことしてなんの意味があるって言うんだろう？

セルはまだ死んでいなかった。

そのときまで私が持ちこたえられるかはわからない。

死に対する恐怖と安らぎが同時に訪れる。ここに到着してからその安らぎをずっと感じているが、未だに理解しがたい、説明のつかない感覚だった。

＊

二日が過ぎ、培養室の灯りが完全に消えた。

機械は自分たちが使っている倉庫へと私を移してくれた。居住区の中でもっとも人工重力場の影響が強いところだ。私はふらつきながら歩く。機械たちが私の両脇を支えてくれる。笑い物になった気分だ。

ボタンを押すと倉庫の扉が開き、私は目の前に広がる機械文明のお粗末な実体を目の当たりにする。

天井まである鉄製の棚にはどれも、死んだ機械が堆《うずたか》く積み上げられていた。倉庫の端からもう片方の端が見えないほど広かったが、棚のほとんどは作動が止まった機械で埋め尽くされているようだった。機械たちは死んだ仲間の部品を利用することで延命を図ってきた。そのためか倉庫をあちこち動き回る彼らは、原形がわからないほど粗悪な形態をしていた。死に寄生して命をつないでいく生き方。私には見慣れた光景だ。

「ロモンと同じことしてるんだね」

機械たちがはじめて私の言葉に興味を示した。

「ロモンとは何ですか？」

私は倉庫にいくつもない人間用の椅子のひとつに座り、話をはじめる。ロモンの強靭な精神力について、死ぬまで宇宙をさすらう運命について、そして回収人という職業について話して聞かせた。私は同僚たちと同じようにシステムのクローニングによって生まれたが、他のロモンと違って致命的な欠陥があるという話もした。

「だから、これでもう私がライオニじゃないってわかったでしょ。私はただのロモン族の回収人。ここから持ち出そうとしてたのは、せいぜい内部の構造物の写真が何枚かってとこだった」

「我々は最初からわかっていました」

缶詰を毎日持ってきてくれた機械が言った。そうじゃないかなとは思ってたけど、まさか本当だったとは。私はその機械を睨んだ。

「セル以外は、ということです。あなたがロモンという種族に属していることは知りませんでしたが、外部から来た人間だということはわかっていました」

「じゃあ、どうして早く解放してくれなかったの？　私がライオニじゃないってセルに言えばよかったのに」

「我々がセルを説得するのは難しいのです。下級機械の我々には柔軟な思考が許されていますが、セルには固定された論理システムがあります。セルはこの居住区のシステムオペレーターで、システムを維持するために入力されている一般的な命題を我々の説得で変更するのは難しいのです。セルはここのあらゆる通路と脱出口を知っているため、我々があなたを解放したとしても彼が道を塞ぐでしょう。あなた自身がライオニではないとセルに証明する以外、残された方法はありません」

「ま、そうだとしても……私がライオニだっていうのが、どうしてセルがこだわっている一般的な命題になるの？　なんで？」

機械たちは沈黙した。答えられない理由があるのか、答えたくないのかはわからなかった。

倉庫を見回していたら新たな疑問が浮かんできた。なぜ機械たちは数百年にわたって、ここで独自のシンプルな文明を作ってきたのだろう。なぜ居住区の全体を占領しなかったのだろう。最初に捕まったときは、ここに住んでいた人間たちは機械革命によって死んだのだと思っていたが、これまで見てきた限りでは、彼らは革命を起こすには温厚すぎる機械だという気がする。培養室にひとり閉じこめられていたときよりも、この倉庫で彼らと一緒にいるほうが落ち着いた。倉庫は重力が強すぎるし、内臓が下に押さえつけられて体外に出そうなくらい痛むし、たまに頭に響くほどの振動を感じているにもかかわらず。

「セルと話す前に知りたいんだけど」。私が訊いた。「ライオニって誰なの？　あなたたちにとってすごく大切な存在だったの？」

今度は私の目の前に立っている背の低い機械が答えた。

「そうです。ライオニは過去に我々を所有していた主人です。我々は皆、ライオニに対して愛情を持っていました。セルは……盲目的でした」

黙って機械が話を続けるのを待った。

「木っ端みじんになったセルを命がけで救ったのがライオニでした。反対にライオニを廃棄される危機から救ったのもセルでした」

聞き慣れない単語に私は問い返した。

「廃棄されるって？　ライオニは人間じゃない」

「ライオニは人間でしたが、同時に廃棄されるべき存在でした」

機械が言った。３４２０ＥＤ、そしてセルとライオニにまつわる話は、機械と主人という単純な構図以上の複雑な事情を抱えているのだろうと私は思った。

「ここは一時期、不滅人間の都市でした。ライオニはここに住む不滅人間たちのクローンで、同時に欠陥のあるクローンでした」

機械は長い話をはじめた。

３４２０ＥＤは近隣の文明よりも優れた生命工学の技術を保有する不滅の都市だった。自分たちの健康なクローンを生産し続け、体を交換するシステムをとっており、記憶と自意識が断絶することなく転送される技術が不滅を可能にした。居住民たちは死ななかったし、老化することもなかった。永遠の若さと健康の上に、都市はこれまでにない繁栄を誇った。だが近隣の文明がこのクローン技術に嫌悪感を示し、本当にクローン人間には固有の自意識が存在しないのか証明しろと何度も要求すると、不滅人間たちは小惑星と外部の構造物全体に接触を回避するための保護膜を張って、外部との断絶を宣言した。

都市は孤立したまま数百年にわたって繁栄を続けた。死を忘れた不滅人間たちは退屈を解消するため、ありとあらゆる興味深い実験に没頭した。機械たちは都市を維持するために作られた単なる部品だったし、彼らに自意識を与えたのも、そうした実験の一部だった。不滅人間たちは機械を完ぺきに統制する術も知っていたから、機械は自意識を持ったまま主人に服従した。体の交換用に生産されたクローン人間からも自意識が発見されたという報告が相次いだが、誰も気に留めなかった。クローン人間の自意識は元の記憶と自意識が転送された瞬間、ただちに削除されていたから。

すべては完ぺきで順調だった。都市で数百年ぶりの「死」が発生するまでは。

培養室付近の区域から感染症Ｄが最初に報告されたとき、研究陣は一日で感染源の分析を終え、これまでのウイルスの局所的な変異だと結論づけた。症状も微熱と悪寒だけで軽症だったために一大事だと考える者はいなかった。深刻な痛みもなく、死につながる病でもなかった。一日か二日で症状も治まった。

だが数週間後、元の記憶と自意識を転送するために装置に入った市民が対処する間もなく死体となって出てきたとき、ようやく感染症Ｄの問題が明らかになった。最初の死に続いて二人目、三人目の死が発生すると、都市全体が一刻を争う事態となった。感染症Ｄは、それ自体が人間の体を破壊するわけではなかった。感染症Ｄが破壊するのは数百年にわたって都市に定着してきた不滅という概念だった。クローニングされた体への自意識の転送を不可能にさせる免疫システムの微細な変化。それこそが不滅人間の都市に「死」の恐怖を蔓延させはじめた感染症だった。

恐怖と不安が広がると、病よりも速いスピードで不滅人間を死に至らしめるようになったのは彼ら自身だった。都市の不滅人間は数百年にわたって死なない人間として生きてきた。不滅は呼吸同様に生きる上で当然の条件だったし、死に対する不安も遺伝子レベルで除去されていた。病や事故への過剰なまでの恐怖も不要だった。彼らはそれだけ強靭で、果敢で、冒険を恐れず、実験を楽しんでいた。だが突然、都市に死が導入されたことですべてが変わりはじめた。彼らは後天的に恐怖を学習した。数百年にわたって猶予されてきた、遅すぎる死への恐怖だったから、その重さは相当なものだった。

ある者はいち早く現実を受け入れた。死への備えができている他の文明に助けを求めるべきだと言った。病と事故への備えがまったくない状況が都市の滅亡を加速させていたからだ。ある者は最低でも孤立状態を解くべきだと言った。だがある者は、そうした行為が都市の滅亡をさらに早めるのではないかと恐れ、大多数はどうするべきかわからないまま恐怖と混乱に陥っていた。どうすることもできない虚しさの中で感染は広がっていった。あらゆる風評と怪談が流れはじめた。複数の人間の血液を一度に注入すれば免疫機能が強化されて感染を免れるという俗説が広まると、不滅人間たちは互いを傷つけるようになり、感染症よりも急速に暴力が広がっていった。

ライオニは不滅人間のクローニング過程で欠陥が発生したクローン人間だった。免疫向上のために投入された突然変異を起こさせる誘導体が過剰な変異を誘発し、急激な成長の過程で性格の欠陥が発見されたのだが手遅れだった。十五歳で強制的に成長を中断させられた少女は、じきに他の不良品とともに廃棄される運命だった。

ところが廃棄される直前、培養槽の外にちょうど引き上げられたとき、培養室全体を揺さぶるサイレンが鳴り響いた。居住区全体の移動を中断する緊急事態宣言だった。廃棄処分がストップし、一時期は不滅人間だった職員たちが隔壁へと避難する間にライオニと不良品たちは機械の倉庫に身を潜めた。機械たちは逃げてきたクローン人間に倉庫の一角を提供してくれた。

不滅人間がはじめて経験する死の恐怖に圧倒され、都市全体を破滅に追いやっている間、ライオニと仲間は自分たちだけの新たな城塞を作り上げた。不滅人間が八つ当たりして破壊したり廃棄した機械たちを片っ端から集めてくると修理し、培養槽に放置されていたクローン人間も逃がしてやった。彼らは新たな仲間として合流した。クローン人間は解放されると倉庫に留まり、機械の服従プログラムをアンインストールした。機械がお互いに修理し合う術を習得するまでの間、クローン人間が機械の面倒をみた。ライオニは解放されたクローン人間の中でただひとり、遺伝的な欠陥のために死の恐怖を理解している個体だったから、恐れおののく不滅人間の行動パターンを読むのに大活躍した。

重要な機械の部品を盗むために管理棟に潜入したライオニが、主人から足蹴にされて無残に破壊されたセルを救出してきたのもそんなときだった。よりによってシステムオペレーターを盗んでいった女の子を不審に思った不滅人間が、機械部隊を動員してライオニを追跡し、射撃を開始しようとした瞬間、古鉄の塊となったセルがかろうじてその前に立ち塞がった。オペレーターと主人の命令が対立するというはじめての経験に機械部隊が混乱をきたしている間、ライオニはセルを引っ張って倉庫に逃げこんだ。

ライオニの目標は不滅人間を３４２０ＥＤから完全に追い出し、この都市で他のクローン人間や機械たちと平和に生きていくことだった。だがそう簡単にはいかなかった。不滅人間の数が少しずつ減っていくと、滅亡の進行は停滞期に入った。混乱の中でなんとか生き残った不滅人間たちは廃墟と化した都市を捨て、宇宙船で旅立っていった。他の居住区を占拠して、新たな形の不滅を見つけ出すつもりらしかった。留まった者たちは、居住区の残りの資源を消耗しながら薬物中毒で死んでいった。もしくは生ける屍となった。

一方で解放されたクローン人間は、不滅人間とはまた異なる理由から脱出したがっていた。彼らは生まれつき不安や恐怖が取り除かれた存在だったし、不滅人間のように死への恐怖を後天的に学習するほど長く生きてもいなかった。彼らは死ぬことを条件に生まれてきた存在だったが、本当に死を恐れない、これまでにない新たな人類だった。彼らはこの狭い居住区に閉じこめられて陳腐な死をくり返す代わりに、外に出て自分たちが手に入れた命の可能性を実験してみることを望んでいた。

――一緒に行かないって、どうしてそう決めたの？　あなたも私たちと同じクローン出身じゃない。培養槽に閉じこめられて、老いぼれの自意識を受け継ぐっていうおぞましい境遇から抜け出せたのに、ここに残るの?

機械が見せてくれたぼやけた映像の中で、ライオニがどんな表情をしているのかはわからなかった。見えるのはほとんどが黙って会話を聞いている機械たちで、その横にライオニをはじめとするクローン人間たちがいるのは声でしか把握できない。

——でも……全員が出ていったら、機械たちはどうなるの? 私たちの解放だって手伝ってくれたのに。それに今は……私たちに従ってる。私たちを主人だと思ってる。私は、つまり、機械を見捨てられない。誰かは残って機械たちの面倒をみないと。少なくとも彼らを連れていかないと。

ライオニの声は思っていたよりあどけなく幼い。自分の言葉に確信が持てないのか、何度も話を中断し、口ごもっていた。一方でライオニに反論しているクローン人間は確信に満ちていて、語調だけでも威圧的だった。

——彼らには彼らの人生がある。私たちが責任を負うことじゃない。連れていけないのは、あなたが一番よくわかってるはずでしょ。彼らのプログラムはトンネルを越えたら破壊される。ここに残るのは現実的じゃないと思うけど。死ぬまでここにいるつもり？　そうじゃないなら、出ていくのを引き延ばすことになんの意味がある？

——どうして死ぬまでここにいたらダメなの？

——この都市は消滅に向かってる。不滅人間が起こした暴動で構造物は大きなダメージを受けた。長くは持たないはず。人工の生態系もすべて破壊された。新しい基盤を探しに出たほうがいいって。ライオニ、あなたは先のことに対する心配や不安が多すぎる。機械だって自分たちの道を見つけるはず。

——そう。私はあなたたちと違って心配ばっかり。消えるのが怖いの。自分の死だけじゃなくて、機械たちの死もね。

——ここに残っても死を遅らせるだけだって。

——でも、私が出ていったら……。

映像はその部分で中断され、二回点滅すると完全に消えた。私はライオニの途切れた言葉の続きを想像する。機械が口を開く。

「ライオニは出ていきませんでした。ライオニは私たちの不安に共感するただひとりのクローン人間だったのです。機械にも消滅の恐怖があるということを、他のクローン人間たちは理解できませんでした。ライオニは残って、機械を安全にトンネルの外へ連れ出す方法を見出そうとしていました。不滅人間の技術ライブラリにクローンの権限でアクセスして、保護設計の方法を見つけると言っていました」

「でも失敗したでしょう」

「はい。ライオニひとりで、その方法を見つけるのは最初から不可能でした。もしかすると、製造済みの機械に保護プログラムを追加でインストールする方法自体がなかったのかもしれません。ライオニの次の計画は、ここに残って機械たちとただ生きていくことでした。居住区に残った人間はいませんでしたが、機械たちがいるから寂しくないだろうと思ったのでしょう」

「でも気持ちが変わったんでしょ。結局は出てったじゃない？」

「都市はライオニが生き残れない環境になりつつありました。ライオニは最後までここを去ることを望みませんでしたが、彼女の死をただ黙って見守るなんて私にはできませんでした。ひたすらライオニを説得しました。ここを離れなさいと、居住区の外で、他の方法が見つかるかもしれないと言いました」

ライオニを除くすべての人間が去った居住区に何が起こったのか、機械は説明してくれた。そこからは私もよく知っている話だった。人の手の入らない滅亡の場所で発生する出来事。機械だけで維持されている文明は滅多にない。最初に再生システムが破壊されて資源の復旧が不可能になり、人工生態系の動植物が死滅する。ライオニには他の生物が、そしてそれらの死が必要なのだという点を機械たちは見落としていた。それは有機体が存在するための必要条件だった。機械と違って人間は有機体の死の上に生を構築する。居住区内の空気、水、食料に至るまで、すべてはライオニの生存が不可能な状態に達していた。

――セル、戻ってくるから。

今回の映像の姿は鮮明だ。ライオニの全身は映っていなかった。顔の下側から撮られていた。背の低い機械がカメラで撮影したようだ。映像の中のライオニは、ある機械を抱きしめていた。その姿に見覚えがあった。セル。今みたいに変てこりんな部品をじゃらじゃらとぶら下げる前、だいぶすっきりした本来の姿をしていたころのセルだ。

――戻ってきたら、あのトンネルの向こうの宇宙に連れていくから。

顔全体は見えなかったが、ライオニが泣いているのがわかる。セルが機械の腕を伸ばすとライオニの手を握る。ライオニはその手をしばらく握っていたが、渋々歩き出す。


映像が再び終了した。機械が言う。

「その後のライオニがどうなったのかは知りません。ですが私は、ライオニはもう戻れないだろうとわかっていました。機械に比べてライオニの寿命は短すぎるからです。たとえ方法を見つけ出していたとしても、戻るには遅すぎたのだろうと」

「じゃあ、どうしてセルはそれを知らないの？　あなたたちがわかってるなら……」

「セルはこの都市に合わせて作られたシステムオペレーターです。彼には変わることのない命題があります。この居住区にいた主人たちは不滅人間で、彼らは死なないというものです。セルの論理システムの中ではライオニは不滅の存在なのです」

私に缶詰を持ってきてくれていた機械が言った。

「ですが、我々もセルがここまで長いこと待つとは思いませんでした。そろそろ最後のときが来たようです。セルが怒ったとしても、あなたが死の危機に陥ることのないように護衛します」

機械は私に要求した。「セルに会って、すべて話してください。ライオニは絶対に戻ってこないだろうと」

その言葉は正しかった。ライオニは絶対に戻ってこないだろう。

長い話は終わったが、まだ疑問が残っていた。

「うん。でもさ、その前に」

私はためらいながら訊いた。

「もしかして、あなたたちも私がライオニに似てると思ってる？　セルが同一人物だって勘違いするくらい？」

「あなたはライオニではありません」

機械は言った。短い沈黙が流れ、一言が付け加えられた。

「ですが、あなたはライオニに似ています。ライオニだと信じたくなるくらい」

複雑な思いのせいで頭の中がぐちゃぐちゃになる。

セルは目が見えない。つまり私がライオニに似ているのは、単純な外見の類似性だけではない、それ以上の何かがあるということを意味する。

滅亡した都市を脱出したクローン人間は何になったのだろうか？

ライオニはどこへ行ったんだろうか？

パズルの角のピースがはまった。

ロモンがテンプレート（鋳型）の複製システムによって誕生すること。ロモンには死への恐怖が刻みこまれていないこと。それなのに自分には恐れという生まれつきの欠陥が存在すること。セルが私をライオニと呼ぶこと。システムが私に単独調査の依頼をしてきたこと。

気づきが私を揺り動かす。システムが私をこの地へと送りこんだ理由。滅亡を見守るたびに苛まれていた罪悪感。この都市と向き合っているときだけは安らぐ心。

私にはここに来なければならない理由があった。

「そっか。わかったよ。今……」

ライオニが、私の元となる個体が、それを望んでいたから。

「セルに会わせて」

声が震えていた。

セルに駆け寄る。セルは今にもバラバラになってしまいそうな姿だった。機械の外皮がめくれ、内側の部品がむき出しの状態で地面に置かれていた。部品からはじまる弛《ゆる》んだケーブルは、コントロールボードの制御スイッチにつながっている。最後まで自分の手でシステムを制御するという決心が見て取れる。それでも彼が死につつあるという事実は変わらない。故障した目をきょろきょろさせていると思ったら、私の足音がするほうに向き直った。もうそのセンサーでは何も感知できないのに、私を見ようとしているようだった。私は、自分の記憶には存在しない機械、それなのに今も変わらず私を記憶している機械と向き合う。

セルへの私の嘘はこんなふうにはじまる。
セル、ごめんね。戻ってくるのが遅すぎた。
もう離れないから。

＊

機械たちが水と食料を運んできてくれたが、ほとんど口にしなかった。セルの機能は少しずつ消失していき、居住区の運命もセルの後を追っていた。すでに人工重力場はないに等しいレベルだった。微弱な重力がセルと私をかろうじて地面に押しとどめていた。日ごとに構造物が崩れ、ねじ曲がり、崩落した。居住区の滅亡はコントロールボードでしっかり見守ることができた。眼前の光景が歪んでいた。これは今まで目撃してきた滅亡後の廃墟ではなかった。滅亡の瞬間だった。私はセルの死を見守り、同時に都市が完全に破壊される姿を見守った。

十日間、セルと一緒にいた。セルと再会するため、どれだけたくさんのことをしてきたか話して聞かせた。都市を脱出してから、どんな凄まじい滅亡と向き合ってきたか、どうやってトンネルを越え、新たな文明と惑星を発見したか、そこでセルと機械たちを救う方法を見つけるためにどれほど奮闘したか、それでも見つからなくてどれほど絶望したか、ここへのトンネルがどれだけ複雑に入り乱れていて、迷路をさまようみたいに大変だったか。ほとんどが嘘だったけど、まるで自分が経験した事実みたいに語れた。少なくとも私の苦しみ、混乱、悲しみや不安はどれも実在する感情だった。今この瞬間はそれを幸いだと思っていた。想像だけでこのすべてをでっち上げなければならなかったとしたら、私はライオニではないとセルに見抜かれていたはずだ。セルに聞かせる話もなかっただろう。自分が死の恐怖を知っていることを幸いだと思った。セルは死を恐れていて、私は彼を慰めることができた。

セルは聞き取りにくい声で、自分がライオニを待ちながら居住区を維持するために何をしてきたか話してくれた。人間が誰もいなくなった居住区をたったひとりで維持するシステムオペレーターの話を。不思議なのは、まるでライオニじゃない他の誰かが聴いていることを考慮しているみたいに親切で、懇切丁寧に話している点だった。後になってからそのときのことを、セルが聞かせてくれた話を振り返ってみた。本当に私がライオニだと信じていたのだろうか、それとも信じてはいなかったけれど、信じているふりをしたのだろうか。後者だとしたらこんなに滑稽な話もない。私は、セルが自分のことをライオニだと信じ切っていると思ってライオニを演じ、セルは、そんな私をライオニではないと知りながらも、そう信じているかのように振る舞う、二重の演技が二人の間に存在していたわけだから。もしかすると、そのどちらでもなかったのかもしれない。完全に信じているわけでも、完ぺきに演じているわけでもない、私がライオニだという確信は持てないけれど、そうだと信じたい状態。死を迎えるときに機械がどうなるのか、私には想像がつかないけれど、そんなふうにいくつもの思いが重なり合っていたのだろう。あの十日間、ある瞬間のセルは私をライオニだと信じ、ある瞬間のセルは信じていなかったはずだ。だから私をライオニだと思いながらも、見知らぬ存在として接しながら続いた、あの長い物語が可能だったのだろう。

最期の瞬間、私はライオニとしてセルの手を握っていた。

セルの死後、居住区３４２０ＥＤは猛スピードで崩壊した。残された機械は自分たちの電源を切除してほしいと言った。私が別れの挨拶をすると、彼らは「ありがとう、ライオニ」と言った。

*

私は勇敢で大胆なロモンじゃなかったから救助してもらうことができた。心配した叔母たちやルジ、同僚が、長いこと復帰してこない私が最後に依頼を受けた場所に救助船を送った。救助船は脱出ポッドに閉じこめられたまま都市の周囲を浮遊している私を見つけ出し、崩れ落ちた３４２０ＥＤの破片がぶつかって損傷した回収船も一緒に引き連れてロモンの塔に帰還した。

任務結果の報告に行ったとき、システムは私のテンプレートから性格の脆弱さが発見されたと伝えてきた。問題が解決されるまで当分の間、同じテンプレートから複製されて生まれるロモンの子どもはいないだろうという話だった。私はシステムに指を突きつけながら言った。

「私を利用したの？　もう生まれちゃってる私に、どうしろって言うの？」

　でも帰り道で生まれてはじめてこんなことを思った。私に与えられたこの生まれつきの欠陥は、実は欠陥ではないのかもしれないと。


　一ヵ月以上も孤立状態にあったトラウマと負傷のせいで、長期間のリハビリを受ける必要があった。カウンセラーは、私が事故に遭う前よりもむしろ健康になったようだ、ずいぶん不安が解消されたようだと言った。その言葉は正しかった。私は相変わらず滅亡の場所へ行くたびに死を想像し、圧倒されるけれど、以前ほどではない。

　カウンセラーが優しく尋ねる。

「幻覚はもう見えませんか？」

「はい、もう大丈夫です」

　でもカウンセラーには言ってないことがある。

　今もたまに目を閉じるとセルがいる。彼は崩れ落ちていく都市を守りながら声をあげて笑っている。破片がセルの頭上に落ちてくる。不思議なことにその風景の中には、私じゃなくてライオニがいる。死につつあるセルの傍らでライオニはセルの手を握っている。二人は滅亡を迎えているが不幸ではない。

私はその後ろ姿を見つめる。私の元となる個体としてではなく、その存在自体が最後で、唯一無二だったライオニの姿を。

■作家ノート

「パンデミック」は私たちが生きる現実の世界の出来事なので、私にとっては書くのが非常に難しい素材だった。私は現実的な話より、どこかふわふわと浮いているようなお話が好きなのだけど、パンデミックが素材だと、何を書いても現実の中途半端な複製版のような話になり、書いている途中で捨てた草稿だけでも十作ほどになる。結局は地球の向こうにある遠くへ行くことで、この問題をなんとか迂回した。感染症について語れる言葉はないが、絶望の中にあっても自分の場所を守り抜く勇敢な人たちを思いながら書いた。

死んだ鯨から来た人々

죽은 고래에서 온 사람들

デュナ 듀나
斎藤真理子 訳

1

鯨は私たちのいかだから十キロほど離れていた。

母さんにもらった双眼鏡で見ると、黒い体が海流に逆らって作り出す白い泡と、背中に突き出した赤い旗が見えた。目元に力をこめたら、背中に建っている建物や、鯨の周辺にいる漁船も見えてきそうだった。でも、今の状況で自分の目を信じるのは危険だ。私には何だって信じる準備ができているのだから。

ぱらぱらと雨が降りはじめた。私は防水シートをかぶってまたオールをつかんだ。夜の方にも昼の方にも流されたくないのなら、常にいかだを漕いでいなくてはならない。海流に逆らって泳ぎ、私たちを守ってくれた昔の鯨が恋しい。でも、すべてのものには終わりがある。私たちの部族は千二百年、つまり地球の暦でいう四十年近くをその鯨の上で生きてきた。鯨は病気にかかったのではなく、寿命を迎えたのかもしれない。私たちは間違ったことをしたわけではない。どういうわけか、余命千二百年の鯨を選んだというだけだ。

鯨の方から黄色い火花が上がった。向こうでも我々の存在に気づいたのだ。

しばらく待っていると、私たちの方を目指して近づいてくる小さなボートが見えた。白い防護服を着た人が二人座っている。もう少し近づくと圧縮空気モーターが水を噴き出し、ぶんぶんというかすかなモーター音が聞こえた。モーターは近づくにつれて少しずつスピードを落としたが、止まりはしなかった。

「ひまわり鯨から来た方たちですか?」

二人のうち一人が男の声で言った。

「そうです。全部で二十一人です。私たちは……」

話し出すや否や、母さんは遮られた。

「これ以上近づいてはいけません」

「私たちは病気ではありません。一年近く誰も死んでいません」。それは嘘だ。二人が自殺し、一人が事故で溺死した。だが、病気で死んだ者は誰もいない。だから、彼らの欲しがっている答えに限っていうなら、母さんの言葉に嘘はなかった。何もかも説明して話を長くする必要はない。

「私たちがみなさんの話を信じなければならない理由はありません」と男の声が言った。

「それなら、近くにいさせてください。一キロ以内のところに。しばらく時間をかけて確認すればいいじゃないですか。みんな疲れているんです。いつまでもいかだを漕ぎつづけることはできません」

会話は続いた。ボートの人たちは私たちの言うことを受け入れてくれたようだったが、声だけではわからない。

ボートはぶんぶんとモーター音を立てながら再び鯨の方に消えた。私たちは鯨といかだの間に漂いはじめた霧の流れをにらみながら、オールを持って漕ぎつづけた。

三時間過ぎるとボートが戻ってきた。今度は三人乗っている。三人めの人は防護服を着ていなかった。海藻で織ったグレーの布のワンピース姿だった。ひげがなく、女のように見えた。背中には白い布で包んだかなり大きな荷物を背負っていた。

ボートがいかだから二十メートルぐらいまで近づいたとき、防護服を着た二人がもう一人を押した。突き落とされた人は驚く様子もなく、私たちの方へ泳いできた。私たちはいかだに引き上げて初めて、その人の腰に長いロープが結びつけられていることを知った。新しい乗客はロープをほどいて、いかだの折れたマストに縛りつけた。しばらく待っているとロープがぴんと張っていかだを引きはじめた。私たちはしばらくためらったが、母さんのサインで漕ぐのをやめた。新しい乗客は背中の荷物から干した果物を取り出し、私たちに一個ずつ配ってくれた。私は泣き出した。二年ぶりに味わう果物だったのだ。

2

私たちは、ひまわり鯨を助けるためにベストを尽くした。人間が三千年にわたってこの惑星で蓄積してきた知識と経験のすべてを出しきった。だが、それだけでは足りなかった。地球の暦で一世紀といえば決して短い時間ではないが、私たちには意味のある結果を出すための道具も材料もなかったのだ。

私たちにとってここは海の惑星だった。大陸がなかったわけではない。だが、潮汐固定《ちょうせき》のため昼だけの大陸と夜だけの大陸しかないのだから、あまり意味はない。昼大陸は砂の砂漠、夜大陸は氷の砂漠だった。生命体が生きられるのは、二大陸の中間地帯の海だけである。大陸のどこかには、私たちが文明を打ち建てるのに必要な金属などの材料があるのだろうが、私たちにとっては絵に描いた餅だった。私たちは三千年間、文明を建設できる島を探してきたが、空しかった。中間地帯は空っぽだった。

鯨は私たちの唯一の代案だった。「鯨」と名づけられてはいるものの、地球の鯨と一つも類似点のない生命体である。私たちの鯨は巨大な島だった。幅は百メートルから二百メートル程度、長さは七百メートルから一・五キロメートルに達する。平らな背中は常に水面上に出ており、水中にある何百枚ものひれで泳ぐのだ。数千年にわたる観察の末、私たちは、鯨は何百もの個体が集まってできたコロニーであるという結論を下した。ただし、鯨は地球のコロニー動物よりはるかに複雑な生命の連合体だった。険しい海流や台風につっかり巻き込まれたらゆで上がるか凍りついてしまうこの環境で体を巨大化させることは、進化の法則上、理にかなっていた。

私たちは鯨の上で生存することができた。家を建て、鯨の背中や周辺の海に農場を作り、はがれた背中の皮を編んでボートを作ることもできた。子どもを産んで教育し、いつか他の星と通信する未来を夢見ることができた。その希望によって私たちは三千年を耐えた。

だが、それらの希望のすべては鯨の永遠の生命にかかっていた。誰もが、鯨は永遠に生きられる生命体だと言っていた。一つの個体が老いて死んでも、常に他の場所から来た若い個体がそこを埋めたからだ。死んだ個体が残した記憶は、彼らのゆるやかな神経ネットワークによって共有されたので、鯨は常に、私たちが知っているその鯨だった。

しかし、死んでいく鯨たちもいた。個体が死ぬ速度より新しい個体が入る速度の方が遅ければ、鯨は完全に死んでしまう。その速度がある線を超えると、危機を感じた個体は近づいてこない。鯨は分解され、同時にその上の村は滅亡した。

「鯨病」と言われた。伝染病だそうだ。一頭の鯨が死ぬとまわりにいる鯨が一緒に死ぬことが報告された。しかし私たちは、その伝染経路について何も知らなかった。海流に乗って感染した可能性もある。餌となる魚のせいだったかもしれない。それとも私たちのせいかもしれない。私たちが特に何の道具も持たずにこの惑星の生態系の一部になれたのは、地球人とこの惑星の生命体の間に目立った違いがなかったためだ。私たちはここの生き物たちを食べることができ、彼らも同様だった。私たちはこの惑星の微生物に感染し、彼らも地球の微生物を受け入れた。今まで大きな問題はなかった。鯨病が蔓延し、死んだ鯨から来た人たちを受け入れた他の鯨たちまでもが一頭ずつ死んでいくまでは。

私たちはその人たちが恨めしかったが、責めることはできなかった。私たちもそうだったはずだから。

3

バラ鯨から来た女は医師だった。そして殺人者だった。

「夫を殺しました」

医師は淡々とそう言った。

私たちはなぜ殺したのかとは聞かなかった。事情があったのだろうと思った。殺人者を私たちに送ってよこしたあちらの人々にも事情があったのだろう。犯罪者の処遇はいつだって難しい問題だ。殺そうにも人手は常に足りず、監獄のようなものを建てられるほど大きな鯨はいない。処遇に困る犯罪者を、感染症の保菌者かもしれない人々が乗ったいかだに送り込むことは、十分に論理的に聞こえた。医師ならちょっと惜しかったかもしれないが、それでもこうして送ってよこしたところを見ると、唯一の医師ではなかったらしい。

医師は私たちを一人ずつ診察した。他の星の人々のようにきちんとした診察はできない。先祖が宇宙船から持ってきた医療機器は徐々に減ってきていた。私たちが使う注射針はみんな、三千歳以上の年齢だ。私たちのほとんどはまだ地球年齢で五十歳を越えていない。

「どう思いますか?」

診察がすべて終わると母さんが尋ねた。

「率直に言ってわかりません」

医師が答えた。

「みなさん健康そうに見えます。赤い斑点も出ていないし体温も正常です。ですが、私たちは鯨病について何も知りません。みんな、赤い熱病を鯨病だと思って恐れていますが、人間が伝染させる鯨病なんて存在しないのかもしれませんよ。症状がなくても保菌者だという可能性もありますし。現在幅をきかせている規則はすべて迷信みたいなものです」

「じゃあ、向こうではどうするつもりなんでしょう?」

「待ちくたびれたころに受け入れてくれるかもしれませんね。一年くらい?　せいぜい数週間でしょう」

母さんはしゃがんでポケットから懐中時計を取り出した。まだカチカチと音を立てて、何千光年のかなたにある故郷の惑星都市の時間と日付を知らせてくれる機械を。ほとんどの常識ある人と同様、母さんも地球を離れて新しい世界を開拓しようと決めた先祖を呪い、わずか何枚かの写真で見ただけの故郷へのホームシックに苦しんでいた。ロンドン、台北、ニューヨーク、ナイロビ、シドニー、リオデジャネイロ……。広大な土地、果てしなくビルが建ち並ぶ世界。昼と夜が地名ではない場所。

「あきらめて海流に流されていくことも考えました。生きる希望がないんですもの。娘がいなかったら本当にそうしたかもしれませんね。あとの人たちはみんな四十過ぎです。新しい世界に行ったって、あと何年生きられます？　もっと生きたって、何ができます？」

「あきらめて死ぬのは辛いじゃないですか」

「蒸されて死ぬのと、凍えて死ぬのと。どちらを選びますか？」

この惑星の人たちならみんな一度以上は耳にする質問だ。答えによって人々は二つに分かれた。その違いはしばしば、性別よりも重要だった。医師は答えなかった。だが、私たちの見たところでは氷派に属しているようだった。

母さんはため息をつきながら時計をポケットに入れた。

「今のままでも悪くはありません。少なくとも必死でいかだを漕がなくてもいいんですから。みんな、疲れはてているんです」

4

一年が過ぎ、二年が過ぎた。バラ鯨に住む人々は私たちをそこに連れて行ってはくれなかった。たまに一人二人がボートに乗ってきて医師と話をしたが、それでおしまいだった。赤い斑点が出ていないというだけで彼らに信用してもらうことはできなかった。

二年間はがまんできた。私たちはもうオールを持って漕ぎつづけなくてもよかったし、バラ鯨は嵐と嵐の間の静けさに私たちを誘《いざな》ってくれた。人の住む巨大な鯨のまわりには豊かな生態系が作られていたので、私たちは釣りと採集だけで何とか空腹を満たすことができた。淡水製造機一つを失いはしたが、バラ鯨からはがれた皮で新しいものを作ることができた。

気になるのは、私たちとバラ鯨をつなぐロープだった。三千年かけて私たちが開発した誇れる技術の一つは、頑丈なロープの製造法だった。しかし、いくら丈夫な綱でも耐えられる時間には限界がある。バラ鯨の人々は、ロープを取り替えてくれるつもりはないようだった。こうやっているうちに、何かの拍子でロープが切れてしまい、あまり罪悪感を抱かずに私たちを捨てていけることを望んでいたのかもしれない。

バラ鯨とともに行動するようになってちょうど二年経った日、医師はまた別の鯨を発見した。バラやひまわりよりは小さかった。長さは六百メートルほどで、双眼鏡で見ると粗末な建物の跡はあったが、動いている人は見当たらなかった。廃墟だった。理由はわからないけれど、村が完成する前に人々が鯨を離れたように見えた。

防護服を着たバラ鯨の人々がボートに乗って偵察に出かけるのが見え、彼らが新しい鯨に上陸し、見捨てられた村を探査しているのも見えた。私たちも膝を突き合わせて討論した。あの鯨はまだ誰のものでもない。バラ鯨が私たちを受け入れてくれないなら、あそこに行ってもいいのではないか。

単純な解決策のように聞こえるかもしれないが、そうではなかった。バラ鯨の人たちも、あの鯨に人を送り込みたいのかもしれない。鯨の上の村はいつもちょっと狭く、故郷である鯨から出ていきたがる若者たちが常にいたから。彼らが、鯨病にかかっているかもしれない私たちと同じ鯨を使いたがるだろうか？

「ためらってどうするんだ？　どうせバラの人たちは、私たちがここにいるのをよく思っちゃいないよ。今行って、唾をつけておこう。その瞬間あの鯨は私たちに汚染されるんだ。

それでもあそこにいたいならいればいいって言ってやろう」

私たちのいかだで最年長の大工が言った。私は怖かったが、母さんを含む他の人々はみな賛成した。医師は賛成も反対もしなかった。自分はまだこのいかだの一員ではないと思っているようだった。だが、いざオールを渡すと医師も自分の持ち場で漕ぎはじめた。さっきまで張り切っていた綱がゆるみ、海水に浸かった。

母さんの時計で一時間かけて、私たちは新しい鯨に到着した。近づいてみると、鯨のわき腹に船着場が残っていた。ここにいた人々は、適当に集まって暮らし、その痕跡を放置して去ったわけではない。人々が長期間住みつづけた鯨だった。私たちが見たのは、嵐によって崩壊した村の廃墟だったのだ。

みんなで鯨の上に上がった。残っているものはあまりなかったが、しゃんとしている家を使うだけでも十分そうに見えた。他の家を建てるための流木は、ゆっくり集めればいい。だが、こんなにちゃんとした村を残して人々が去ったことは不思議だった。

村を見回っている間、バラ鯨から来た防護服姿の人々と出くわした。彼らは私たちを見てもあまり驚かなかった。

「家が壊れたのは比較的最近のことです。この鯨は最近、ひどい嵐を何回も経験したんですよ」

防護服を着たリーダーがそう言った。

そのこと自体は変ではない。鯨はできるだけ嵐を避けようとするし、巧みに避けることもできる。だが、ここは嵐の惑星だ。昼が作り出す熱い空気と、夜が作り出す冷たい空気が狂ったように混ざり合う場所なのだ。いくら鯨が賢くて嵐を上手に避けられても、完全に回避することはできない。しかしほとんどの村は暴風に備えて造られている。風をよけられるよう流線形に建てられた家は、どんな衝撃にあっても決して鯨から落ちないようにしっかり固定されていた。ところが比較的最近の嵐では、村のほとんどが吹き飛ばされてしまっている。それなら、人々も一緒に嵐の中に消えたのだろうか？

防護服の人々は後退の準備をしていた。新しい鯨は欲しいが、今は用心しなくてはならない、正体不明の疫病が治まるまで慣れ親しんだ村にとどまった方がいいと判断したのだ。それは理解できた。そして安心もできた。私たちはまだこの鯨に望みをかけていたから。

悲しいことに、その希望は数分で終わった。

バラ鯨の人たちがボートを係留しておいた船着場へ向かって歩き出したとき、最初の振動が感じられた。最初は大したことはないと思っていた。私たちは生きた動物の上にいるのだし、動物は動くものだから。しかし二回めの振動は性格が違った。

鯨が割れていた。二つの船着場を除く鯨の縁が、すさまじいスピードで崩落していった。

そのときになって、鯨の縁を形作る個体の半分以上が死んでいることに気づいた。普通、鯨は個体が死ねばすぐにその死体を排除するのだが、この鯨の場合は、まだ生きたまま分離の準備をしている個体たちが、それらの死体を支えていたのだ。

一瞬にして鯨の体積の半分が崩落し、私たちは胴体の中心に向かって必死で走った。防護服の二人が水に落ち、悲鳴とともに海水が血で染まった。生き残った個体たちが水に落ちた人々を襲っている。私たちはプランクトンと海の虫を食べる平和な鯨の存在に慣れきって、鯨を構成する前の個体たちが肉食獣だったという事実を忘れつつあった。なぜかわからない理由で彼らは鯨になる前の本性を維持しており、歯も残っていた。

それとともに鯨は方向を変えていた。私たちは選択しなければならなかった。鯨の上に残るか、それともいかだに戻るか。私たちは後者を選んだ。何が起こっているのかわからなかったが、この鯨は私たちの家になるつもりはなさそうだったから。

船着場の方はまだ崩落していない。いかだも無事だった。歯をむき出しにした個体が近づいてきていたが、どうしようもない。私たちは一人ずついかだの上に飛び降りてオールをつかんだ。

そのときだった。私の左足が、割れた鯨の体のすき間にはさまったのは。個体と個体の間のねばねばした粘液に足首をとられ、私はそこから抜け出すことができなかった。

真っ先に私の方へやってきたのは医師だった。その次は、村人たちを先導してきた母さんだった。他の人々は来なかった。いや、来られなかった。いかだの上の人々はあっという間に鯨から遠ざかっていった。何人かは水中に落ち、何人かはオールを持って個体に立ち向かい、戦っていた。そして、それが私が彼らに会った最後だった。

母さんと医師が私の足首を粘液からやっと引っ張り出したとき、鯨は狂ったように嵐の中に突っ込んでいた。

5

私たちは生き残った。嵐の中で徐々に消えていった鯨は、私たちを殺そうとしてもがいているようだった。しかし、鯨の背中に残った最後の木の家は頑丈だった。頑丈だったから、鯨が暴れても耐えられたのだ。今ではその家が小さな船になり、嵐に流された私たちを守ってくれている。

希望はなかった。私たちにはオールも帆もない。こんなふうに海流任せで漂流していたら、昼大陸か夜大陸のどちらかに流れつくだろうし、そこで待っているのは死だけだ。

どうしたらいいのだろう？　私たちは悩んだ。私たちの知る限り、このような経験をしたり目撃したりした人はいない。だが、三千年という歳月はすべてを経験するには短い。こうしたことについて私たちが何も知らないのは、経験者が生き残れなかったためかもしれない。

「鯨にとって、私たちは伝染病だったのかもしれません」

医師が言った。

「私たちは鯨との共生関係をできるだけ肯定的に見たいと思っていました。鯨がいなければ生き残れませんでしたから。でも鯨にとって私たちは必要なかったんです。耐えられる範囲の小さな寄生虫にすぎなかったんでしょう。でも、その耐えられる範囲の寄生虫が致命的な病気を感染させはじめたら、鯨も対応しなければなりませんよね？　彼らは賢いのです。海流を読み、嵐を予測し、情報を交換していたんです。消えた鯨を構成していた個体が他の鯨の一部になったと考えてみましょう。そして人間を退治する方法を教えたとしたら？」

私たちはしばし、絶滅のこと、三千年続いた私たちの歴史の終わりについて考えた。だが、母さんはもう少し前向きだった。彼らがそんなに賢いのなら、人間が単純な寄生虫ではないこと、会話のできる知的な存在であることを知っているはずだ。そんなふうにあっさり対応して忘れるのではなく、対話を試みるだろう。賢い仲間がいるのはいいことなのだから。

これらのすべては机上の空論のように思えた。人の住んでいる鯨に出会うことが私たちの唯一の希望だったが、その可能性は低かった。そして、出会えたとしてもその人たちが私たちを受け入れてくれるとは思えなかった。私たちの肌には徐々に赤い斑点が広がっていた。どうやらこの前の鯨から感染したらしい。病気への恐怖はなかった。寒さと暑さの恐怖の方が大きかった。

一週間後、我々は希望に似たものと遭遇した。私たちの期待していたものとはちょっと違っていたけれども。それは巨大な氷山だった。水面上に出た部分だけでも、普通の鯨の十倍はありそうだった。私たちは悩むこともなく、その上に上がった。ありがたいことに、氷が溶けてできた小川が頂上に上るための比較的楽な道を作っていた。巨大な淡水の固まりだった。二日間、淡水製造機が役目を果たしていなかったので、これ以上ないほどありがたかった。

これくらいの氷山は珍しくない。昼大陸から流れてきた温かい水が、夜大陸で作られた氷の塊をはぎとって押し流したのだ。氷山は昼大陸に向かって流れていた。すぐにではなくとも、やがて溶けて消える運命にある。しかし、時間の余裕があるのはいいことだった。周辺に張りついた海の木々を使えば、オールとロープを作ることができそうだ。

二週間が過ぎた。その間、水平線上では赤い太陽が消えたり現れたりをくり返していた。私たちの運命を操る邪悪な神が、私たちに希望と恐怖を交互に、少しずつ与えているようだった。肌に跡を残して消えた赤い斑点もそうだ。私たちは自分が死にかけているのか、生き残ったのか、知るすべがなかった。眠る前に聞こえてくる変な声は、私たちの脳が感染したという意味なのか、それともただのありふれた幽霊なのか。

その翌日、私は機械を発見した。金属製の円筒の中に、得体の知れない機能を持った複雑な装置がぎっしり詰まっている。私は、近くで水筒に水を入れていた医師にそれを持っていった。医師も、この機械の正体について何も知らなかった。けれども、周辺をもう少し探すと他のものも出てきた。手袋、つるはし、何か食べられるもののように見える茶色のかたまりが入った袋が複数、そして氷の中に閉じ込められた死体一つ。死体は男で、ひげがなく、私たちよりずっと大柄だった。

「先祖だ」

医師が言った。私たちは私たちの惑星の歴史の始まりを見ていた。

私たちは私たちに与えられた可能性について考えた。氷山の中には他に何が入っているのか？　もしも先祖たちが乗ってきた宇宙船全体がこの氷山の中に埋まっていたら？　その宇宙船の中の考える機械がまだ壊れていなかったら？　その機械が、地獄のような惑星から私たちを救出して、他の場所に行かせてくれるとしたら？

私は悲鳴を上げて座り込んだ。私の頭をよぎったその希望が巨大すぎて、私の脳と体には耐えられなかったのだ。そのほとんどが空しく終わるだろうし、私たちはやがて赤い斑点だらけの死体となり、煮えたぎった海水の中でゆで上がるとわかっているにもかかわらず。

けれども、私たちは希望を捨てることができなかった。私が氷山で発見した紙と鉛筆でこの文章を書いている理由もそのためだ。私はだんだん体積が減りつつある氷山の頂上に座り、氷の中から取り出した茶色のかたまりを食べながら、物語はまだ終わっていないという希望の可能性に頼ってこの文を書いている。私は、今まで書いた文章の七倍も書けるほどの紙を確保した。こんなにたくさんの紙を好きに使えるなんて、この贅沢になじめない。

私が書いているのは物語の結末ではない。だから、この文章を読んでいることが明らかな未来の読者よ、どうか次のページをめくってほしい。きっと今まで私が書いてきたものとは比較にもならない、すばらしい冒険談が待っているはずだから。

■作家ノート

コロナウイルスが猖獗《しょうけつ》を極めると、みんながSF作家の意見を聞きたくなったらしい。これを書く前にも、パンデミック関連のSF短編を書いてほしいという依頼を二度受けた。私は二つとも断ったが、それはあまりに近すぎる現実的な素材に対して想像力を発動させることが難しかったためだ。果たして私がこの災厄以後の「ニューノーマル時代」を正しく想像できるのかどうかも自信がなかった。アシモフが、オイルショックの真っ最中だった一九七〇年代に、石油がほとんどなくなった一九九七年を舞台として書いた某短編を思い出す。預言者としてのSF作家の的中率は大したことはないが、それでも運良く当たる作品があって、体面を保ってくれているだけだ。

だから、このテーマを扱うなら遠くまで行こうと思った。遠いけれど私にとっては身近な世界、つまり宇宙を舞台とした青少年向けSFの世界だ。超光速宇宙船に乗って銀河系に進出する人類。荘厳な絵だが、そこにはちょっとひやっとするようなところがある。遠くから見れば、人類はウイルスと大差ない。自分の遺伝子をコピーしてできるだけ多く伝播させようとする小さなロボットたち。この類似点を掘り下げてみたらおもしろいだろうという気がした。あ、ストレートになりすぎないように。ストレートすぎると、書いている私がおもしろくないから。

C O N T A G I O N

第二章

感 染 症

箱を開けた人々

전염병 세계, 상자를 열고 나아간 사람들

ミジョンの未定の箱

미정의 상자

チョン・ソヨン 정소연
古川綾子 訳

1

木陰が見当たらない。ミジョンは帽子を持ってこなかったことを後悔しながら歩いた。問題は日差しだけではなかった。人影がないとか、割れた歩道のタイルに引っかかって転ばないよう気をつけなきゃとか、埃がひどくて咳が止まらないとか、かろうじて動いていたデジタルの腕時計が止まったとか、他にも色々あった。でも一番の問題は日差しだった。ミジョンは日除けになりそうなものはないかと見回してみた。使えそうなゴミはなかった。小さくて危なそうながらくたばかりだった。まあ、使えそうなものは、他の人たちがとっくに持ち去っているはず。ミジョンと同じようなアイディアを他の人が思いつかないはずがなかった。

ソウルからの避難は遅いほうだった。最初はソウルを脱け出すつもりはなかった。散らばれば安全だと言われても、家以外に行き場はなかった。ミジョンの故郷はソウルだった。しかも二〇二〇年代のはじめまでは鍵をかけて居住できる空間があった。十数年にわたって働きながら貯めたチョンセ【賃貸契約時に月々の家賃の代わりに高額の保証金を預け、大家はその利子で収入を得る韓国特有のシステム。退去時に保証金は返却される】で借りた家だった。チョンセの物件が滅多にないソウル市内で地下鉄の駅から遠く、バスの路線から少し外れている地域を散々探して見つけた家だった。

この古い住宅にチョンセのためのローンを組んで入居するまでは、ビルトインと言って壁におもちゃみたいに取り付けられている冷蔵庫、ドラム式洗濯機、ひとりしか立てないシンク台、広げるとトイレドアの目の前に座って使うしかない「空間節約タイプ」のテーブルなんかがある、ソウルの外れのオフィステル【オフィス＋ホテルという意味の造語で低層階は商業施設、上層階は住宅になっている高層ビルを指す】で三年間暮らした。そんな部屋が軒を並べて巨大なコの字型を成している専有面積四・五坪の空間だった。道路に面した部屋は外が見え、日当たりが良い代わりにうるさかった。コの字の短い縦の部分にある部屋は、公式にはそれぞれ西南向きと東南向き、不動産仲介業者に言わせると内側の部屋だったが、どの位置からも室内が丸見えの代わりに静かだった。家賃も五万ウォン安かった。ミジョンは五万ウォン安い内側の部屋を選んだ。毎月の家賃は最初が五十五万ウォン、翌年には六十万ウォン、その次の年には六十七万八千ウォンになった。仲介業者が他の家は七十万ウォンだけど、二万二千ウォンサービスしたのだとそれとなく誇示し、ミジョンは彼に三種類のフルーツジュースのセットをプレゼントした。ジュースの値段は一万五千ウォンだった。

オフィステルに移る以前は母校の前にあるワンルームに住んでいた。「ビルトイン」のない部屋だった。共用の洗濯機が二階にあった。どうせ出勤するから寝るためだけの空間で、それなりに住みやすかった。当時のミジョンは会社帰りに近所のスーパーで見切り品の弁当とおかずを買うと、冷凍室のない冷蔵庫に入れておいて朝食で一度食べ、残りを会社に持っていって昼食でもう一度食べていた。

オフィステルは楽だった。専有面積四・五坪とは言え、ほぼ同じ広さのワンルームに比べたらなんでもあった。トイレとシャワールームがあった。効率的な設計で、ひとり暮らしがよく使う電子レンジを置く棚まで配置されていたし、コードを通す穴もあった。あちこちにコンセントの差し込み口があるから、携帯電話を見るためにエアコンの真下の一番寒い場所に張りついて座る必要もなかった。

オフィステルを出たのはユギョンと暮らすためだった。空間をできる限り効率的に活用した二十一世紀タイプの設計は一人用だった。二人で生活する場所ではなかった。ぴったりくっついて寝るだけならともかく、二人で何かを同時にするのは不可能だった。一緒に料理することも、シャワーを浴びることもできなかった。向かい合って食事もできなかった。腹を割って語り合おうと思っても、ひとりはトイレドアのほうを向き、もうひとりは補助椅子を玄関前に置くしかなかった。空間を見えない線で分割し直し、別々のスペースにいないと相手にぶつかった。家の中が丸見えの「内側の部屋」なのも気になった。一日中ブラインドを下ろして暮らすのは無理だった。ここでの同居は不可能だった。

あれすらもロマンスだったのだろうか。ミジョンは当時を思い出し、首を横に振った。単にソーシャル・ディスタンスが不可能な生活空間だったにすぎない。一大決心をして、二〇一九年末に生まれてはじめての高額なチョンセローンを組み、二部屋ある家に入居できたのはどんなにラッキーだったか。あの家に移ったから、十分とは言えないけれど、それでもユギョンと長く一緒にいられたのだった。ミジョンとユギョンはその古い家で一緒に暮らした。地下鉄の駅までかなりの距離を二人で歩いて出勤した。職場の同僚でハウスメイトというのは人にも言いやすい関係だった。誰もがソウルの住宅価格の話、家賃が高くて狭い部屋の話をした。他人と暮らすのは簡単じゃないのに、うまいことやってると言った。そんな会話のある社会人生活をやめてからも、あの家は良い住み家だった。二部屋あるから自宅待機が可能だったし、部屋ごとに窓がついているから換気もできた。地下鉄の駅やバス停も離れているから流動人口も少なくて安全だった。

ユギョンが去ってからも、ミジョンはその家にずっとひとりでいた。買い置きしてあった食べ物がなくなり、周囲の影響で買った缶詰や非常食が底をつきかけ、日差しで乾かして使い続けた最後のマスクが、これ以上はとても無理だというくらいに汚れるまで家の中で粘った。水道が出なくなってからは、北ヨーロッパ式の浄水機能がついた水筒に雨水を受けて飲んだ。ユギョンが買った水筒だった。フィルターの上に溜まった浮遊物を取り除いて使い続けた。浄水効果があるとは思えなかったが、雨水をそのまま飲むよりはましだった。こうしたすべての試みが終わると、ようやくミジョンは大事にとっておいたペットボトル三本に水を詰め、残っていた缶詰と非常食を数個持って家を出た。

予想どおり町には誰もいなかった。ミジョンは人っ子ひとりいない道を歩き続けた。生きるためには田舎を目指さなければならなかった。皆が田舎じゃないと生き残れないと言っていた。食べ物も飲み水もあると。でも、そう言っていたのは全員が田舎暮らしを知らない都会人だったことに気づくべきだった。ミジョンはかなり歩いてからそう思った。自分もまた都会以外の生活を知らなかった。どこからが田舎なんだろう？　とりあえず南へ向かった。北朝鮮に近い京畿道《キョンギド》の北部から感染症が統制不能になったと聞いたためだ。だがいくら歩いても田舎は現れなかった。田畑も見えなかった。巨大な工場、空っぽの建物、焼けつくアスファルト、たまに出くわす惨事の痕跡がすべてだった。ミジョンは車の通らない八車線道路の路肩を歩いた。ひたすら歩き、また歩いた。道路の案内標識が見えるたびに、うろ覚えな京畿道の地名をくまなくたどりながらソウルの外を目指した。仁川《インチョン》を避け、城南《ソンナム》を避けた。そうして到着したのが驪州《ヨジュ》だった。相変わらず人影はなかった。このくらいなら田舎と言えるんだろうか。ミジョンは手で日差しを遮り、農協スーパーのハナロマートの色あせた看板を眺めた。使えそうなものがさっぱり見当たらないのはソウルと変わらなかった。ミジョンの家の周りと似ていた。舞い散る埃だけは、こちらのほうがひどかった。ガラス張りだったとおぼしきテナントビルに入ると日陰にしゃがみこんだ。体が触れる場所を慎重に選んだ。最後のペットボトルを開けてほんの少しだけ水を飲み、あたりを見回していると、きらりと光る何かが視界に入った。光を反射するほどの輝きを放っている箱だった。拳二つ分より少し大きな箱は汚れもなくきれいで、正六面体のようだった。ミジョンはしばらくためらっていたが、そっと手を伸ばして箱を持ってみた。重くも軽くもなかった。見た目どおりの重さとでも言おうか、片手で持てるほどだった。ステンレスや錆びない他の金属で作られているらしかった。変色していない銀色が光り輝いていた。どこから開けるのかとためつすがめつしてみたが継ぎ目はなかった。石鹸なのかな？　すり減らないステンレスソープをどこかで見たことがあった。FUN SHOPだったか、idusだったか、Gmarketだったか、とにかく流水にあてて手をこするだけでよくて、泡が出ないから環境に優しいという金属の塊を数万ウォンで売っているところがあった。

ミジョンはリュックを開けると箱をしまった。傷みも壊れもしない立方体が尊く思えた。文明の残骸じゃなくて文明に思えた。

その晩、ミジョンはテナントビルで眠りについた。

2

「もし本当に厳しい状況になったとき、時計の針を巻き戻して戻りたい瞬間はと訊かれたら、まさに今日だと答えるでしょう」

――二〇二〇年八月二十五日　十四時二十一分　クォン・ジュンウク中央防疫対策本部副本部長

背中が痛くなかった。腰もずきずきしなかった。いつからか治まらなくなっていた扁桃腺の痛みも消えていた。ミジョンはゆっくり目を開けた。見慣れた天井が目に入った。色あせたグレーの壁紙、チェリーレッドのモールディング。かちゃんという音が湿った風に乗って聞こえてきた。一日に何度も町内を歩き回るお年寄りが隣に住んでいた。赤い不織布バッグのついたカートを歩行器代わりに使っていた。そのカートを広げる音だった。

ミジョンは何度か目をぱちくりさせた。すると木の葉が風に揺れる音が聞こえた。たん、たんと何かを叩く音が交じっていた。そうだ。家とバス停の間に小さな金物屋があった。たまに鉄を削る音、資材を叩く音がミジョンの家まで聞こえてきたものだった。ミジョンはゆっくりと、まるで四肢を動かしたらこの夢が覚めてしまうと怯えているように、頭を動かして右を向いた。ユギョンがうんざりしていた花柄のアクセントクロスとコンセントが見えた。コンセントに差し込まれたプラグを目でゆっくりと追った。グレーのコード。電源タップ。電源タップのスイッチが入っていることを示すオレンジ色の光。電源タップに差しこまれた黒い携帯電話の充電器。充電ケーブル。携帯電話。ついにミジョンの視線が枕の横に置かれた携帯電話に向けられた。「14:21　8月25日　火曜日」。ゆっくりと手を上げてそっと画面に触れた。前方についたカメラが反応し、「顔を認証することができません」というメッセージが表示された。もう一度画面に触れてみた。「14:22 8月25日 火曜日」。かしゃり。「顔を認証することができません」。ミジョンは右手で携帯電話をつかみ、ゆっくりと顔の前に持ち上げた。「14:22 8月25日 火曜日」を読み終わる前に顔が認証され、携帯電話の画面のロックが解除された。「☀ 27℃ PM2・5 良い (1) ソウル市加里峰洞《カリボンドン》」

　メールが来ていた。ミジョンは未確認メールを知らせる赤い通知がついた受信BOXをタップした。契約期間が終了する前に使い物にならなくなった携帯電話をいじるのは久しぶりだった。動く電子製品を見ること自体が久々だった。ユギョンからメールが来ていた。

「検査結果が出たら連絡して。私は陰性！ ww TTTT びくびくだった マジで」(09:45)

「十時前には結果出るって言ってたけど、まだ?」(10:12)

「もしかして陽性じゃないよね?」(10:34)

「会社の人たち、今のところ検査結果が出た人はみんな陰性だって。ほんとよかった。ミジョンも早くグループトークに報告して」(10:37)

　ミジョンはようやく受話器の形をした赤い通知に気づいた。不在着信が何件かあった。

キム・ユギョン。チェ・ギルジュン チーム長。パク・ソナ係長。ミジョンは銅のプレートに刻まれた名前を撫でるみたいに不在着信のリストをさすった。すると指の動きを認識した携帯電話が電話を発信した。パク・ソナ係長。

「ミジョンさん！ 検査結果出ました？ ミジョンさんと、ギチョルさん以外は全員が陰性でした。グループトーク、まだ見てないんですか？」

久しぶりに聞く声だった。

「私も陰性でした。よかったですね」

声を出して喋るのはずいぶん久しぶりな気がしたが、ミジョンの喉から発せられた声は少しかすれていたけど、がらがらというほどではなかった。昨日の新型コロナウイルス感染症の検査結果は陰性だった。ギチョルさんも陰性だった。保健所からのメールはまだ確認していないけど、当時のことをはっきりと思い出した。同じビルに入居している会社で感染者が出て、ビルの清掃員二人も感染が確認された。後から明らかになった感染の順序は清掃員が先で、その次が会社の社員だったけど、とにかく清掃員が感染したことで、入居している全社の全社員が検査を受けたのが八月二十四日の月曜日だった。翌日の二十五日と二十六日は誰も出勤しなかった。お父さんの誕生日に合わせて週末を実家で過ごしていたユギョンは二十二日の土曜日に保健所と会社から連絡をもらうと、翌日に実家近くの保健所で検査を受け、二十五日の夕方にお父さんの車でこの家に帰ってきたのだった。ユギョンのお父さんは娘のハウスメイトが自宅待機の対象者だとは知らなかった。ユギョンは大したことはないと安心させるのに苦労した、マスクを顎にずらすし、マスクの外側に触れた手であちこちいじる両親が心配になったと笑っていた。二人は高齢者がガイドラインに従わないのは一大事だと話し、集会に参加する人たちや牧師を悪く言った。裁判官の悪口も言った。

疫学調査の結果に従って自宅待機者と自宅待機勧告者に分類された。ミジョンは自宅待機、ユギョンは自宅待機勧告だった。二人は別々の部屋で生活した。自宅待機のミジョンがベッドを独り占めした。ユギョンはリビングで寝た。インターネットで見たとおりにビニールシートを買ってくると、寝室のドアの前に張りつけた。バスルームはひとつだった。ユギョンは漂白剤と雑巾を手に、ミジョンがトイレに出入りするたびに便器や洗面台を熱心に磨いた。近所のスーパーにマスクをして買い物に行くと、料理をして寝室のドア前に持ってきてくれた。顔だけでも見ながら食べようと、ユギョンはビニールシートの前に自分の器を持ってきては床にしゃがんで食事をした。ミジョンはとめなかった。ミジョンもユギョンに会いたかった。同じ家にいても顔が見たかった。

感染者と接触してから十四日間の自宅待機。ユギョンは絶えずミジョンを気遣っていたし、ミジョンも自分が心配だった。咳が出るだけでも不安だった。喉も痛いような気がした。味覚と嗅覚が失われるのが新型コロナウイルス感染症の症状だと言うので、食事のたびに器に鼻をあて、くんくんと嗅いだ。ユギョンはカレーやキムチチャーハンのように、においが強くて片手で持って食べられる料理を選んで作った。ユギョンは火曜日、木曜日、金曜日に出勤した。二人はダクトテープで四方をがっちり留めたビニールシート越しに社長の悪口を言い合い、会社がいつまで潰れずに持ちこたえられるか案じた。

結局ユギョンがどこで誰から感染したのかは最後までわからなかった。ミジョンではなかった。ミジョンである可能性は極めて低いと言われた。自責の念に駆られるミジョンに対し、周囲の人や医療陣は一様にそう言った。陰性の人からは感染しませんよ。通勤で感染したかもしれないし、スーパーかもしれないし、最近は感染経路不明のケースが多くて、調査してわからなければどうしようもないんです。

でもミジョンは考え続けた。自分が自宅待機の対象者じゃなかったら、おそらく二人は交代で買い物に行っていただろう。同じ会社に勤務していたからミジョンが出勤できてさえいれば、ユギョンの出勤する日を一日でも減らせただろう。そうしたら感染の可能性は少しでも低くなっていたはずだ。ユギョンはいつもミジョンより清潔にしていた。ミジョンのマスク、ゴミ、洋服、手、体……。自分がユギョンの体から消えることのなかったウイルスを媒介した可能性はあった。極めて低いという言葉は慰めにならなかった。ユギョンが感染してから、ミジョンは自分の動線を何度も通った。通って、また通った。一回考えるたびに、ひとつ思い出した。でもどんなに頑張っても、すべての記憶をよみがえらせることはできなかったのだった。

ユギョンに電話をかけた。

「ミジョン！　なんで電話に出ないの？　心配したんだよ。陰性だったんでしょ？　もらって帰るおかずを詰めたら、四時くらいにはこっちを出発するから。お父さんが車で送ってくれるって」

「帰ってこないで」

ミジョンが言った。ユギョンの慌てるようすが携帯電話から感じられた。いきなり帰ってくるな、だなんて。

「なんで？　まさか陽性だったの？　いや……待って、さっきパク係長が、ミジョンも陰性だったってグループトークに書いてたはずだけど」

液晶画面をタップする音が聞こえた。ミジョンはもう一度言った。

「帰ってこないで、そこにいて」

長々と説明する気力はなかった。説明する言葉も見つからなかった。ユギョンは気まずそうに、また連絡すると言って電話を切った。

夕方、ユギョンが帰ってきた。ミジョンはドアを開けなかった。ユギョンは何度もチャイムを鳴らし、ドアの前で待っていたが、しばらくするとミジョンに電話をかけた。二階建ての多世帯住宅の二階だった。窓の外に立っているユギョンがよく見えた。ユギョンからもミジョンがよく見えた。ユギョンはミジョンの記憶よりも若く、健康で、生きていた。生きて動いていた。ユギョンは電話を摑んだままもどかしがり、腹を立て、うろたえ、最後には謝罪した。ユギョンは何も悪くなかった。これを説明する気力がミジョンにないだけだった。

家の前の路地に佇むユギョンが立ち去るのを見届けてからミジョンは眠りについた。たぶんユギョンは大通りに出てタクシーを拾い、実家に戻ったことだろう。自分と違ってユギョンには行き場があった。おそらくここより安全な場所が。

翌朝。自分を呼ぶユギョンの声でミジョンは目が覚めた。

「なんで帰ってきたの？」

ミジョンの言葉にユギョンはきょとんとしていたが、近づいてくるとミジョンの両肩をそっと揺らし、額にキスをした。

「寝ぼけてるの？　早く起きて。今シャワー浴びないと、会社行く前にご飯食べる時間なくなっちゃう」

　八月十八日火曜日だった。

3

　ミジョンは出社するとすぐに、全面的な在宅勤務をチーム長に提案した。チーム長は教会に通っているのかと尋ねた。ミジョンが違うと答えると、チーム長は太極旗部隊【極右性向の保守強硬派。国旗を振り回すことからその名がついた。コロナ禍での大規模集会の強行が感染拡大につながったと社会問題になった】に対してひとしきり悪態をつき、それでもひとまず出勤は続けるようにと言った。うちの会社には太極旗部隊はいませんよ。社長の気質は知ってるでしょう。ここには消毒薬もあるし、体温計もあるし、ちゃんと気をつけてるじゃないですか。ミジョンさんが心配しすぎなのでは。

　ミジョンはチーム長と言い争いになった。十三人が働く小さな会社だった。声が大きくなった。他の社員がミジョンとチーム長のようすをうかがっていた。社長は出勤していなかった。ずっと前から在宅勤務をしていた。営業のための外回りだと言ってたっけ。社長は赤字の会社を立て直すために孤軍奮闘しているとばかり思っていた。実際にそうだったのかもしれない。でもミジョンは覚えていた。うちの会社も同じビルにある企業と似たり寄ったりで、雇用維持支援金と雇用調整助成金でかろうじて持ちこたえていたが、結局は無給の休職同意書にサインし、すべてが崩壊して倒産したのだった。ミジョンの記憶では、社長は最後まで感染しなかった。彼は会社の廃業とともにミジョンの人生から消えた。もちろん、もうどこかで死んでいるかもしれなかった。でも、それで何が変わると言うのだろう。ミジョンは腹を立てていた。在宅勤務に変更しない社長に腹が立っていたし、マスクを顎にずらしているチーム長にも腹が立っていた。

ミジョンは怒りをぶつけた。今すぐにでも在宅にするべきだと大声で喚《わめ》いた。ユギョンが制止しながらなだめた。

「どうしたの、ミジョンさん、何があったんですか、落ち着いてください」

ミジョンは自分の両腕をぎゅっと摑むユギョンの両手を見た。健康な手だった。健康で力強い手。二十五キロのケトルベルを軽々と持ち上げられる手だった。ミジョンは号泣した。ユギョンの胸に顔を埋めて、子どものようにわんわん泣いた。

「ミジョンさん、ミジョンさん」

ユギョンは体を離すと困った顔で周りを見回した。会社の皆は知らない動物でも見るように、そろそろと後ずさりした。最初は張り合って大声をあげていたチーム長まで、いつの間にかうんざりした表情でミジョンを見ていた。

「ミジョンさん、どうも体調が良くないみたいです。朝から調子悪そうだなと思ってたんですよ。今から病院に連れていきます」

ユギョンはミジョンを抱きかかえるようにして事務所の入り口へと歩いていった。

「そう、そうですよ。人間そういうときもありますよ」

カウンターのカン主任が急いで立ち上がって道を空けると、自動ドアを開けてくれた。ミジョンと一緒に半体を使いますと、ユギョンがチーム長に向かって謝罪している声が聞こえた。

「階段！　エレベーターじゃなくて階段！」

ミジョンは体が離れたら死ぬとでもいうようにユギョンにしがみついたまま、エレベーターのボタンを押そうとするユギョンの手を全身で遮った。

「うん、わかった。階段で行こう。大丈夫、ミジョン。大丈夫だよ」

ユギョンはまるで水鬼に引きずりこまれていく人みたいに、ミジョンにがっちりと摑まれたままの状態で階段へ続くドアを巧みに開けた。会社は九階にあった。ミジョンは泣き続けた。全身の体液という体液を、血液までも流し尽くすかのように泣いた。ユギョンはミジョンの腰と肩を抱き、ゆっくりと階段を下りていった。一階に着くと、ミジョンはようやく落ち着いた。涙の跡がつき、肩の部分が伸びてしまったユギョンの服を見たら、今更ながら申し訳ない気持ちになった。ユギョンは大丈夫だと言うと、ミジョンが涙と鼻水でぐちゃぐちゃの顔をトイレで洗っている間、三階にある薬局に駆け上がって新しいマスクを買ってきた。ミジョンはおとなしくマスクをすると黙って地下鉄に乗った。見慣れた路地をユギョンと一緒に歩いた。マスクを顎にずらしている人とすれ違っても、電信柱の横でタバコを吸いながら唾を吐いている中年男性を見かけても避けなかった。今日は、この場所は安全な日だった。夕飯はユギョンの好きなとんかつのデリバリーを頼んだ。

「明日、チーム長に謝らないと」

ミジョンの隣に横たわりながらユギョンが言った。

「うん。そうしないとね」

「カン主任にもお礼を言わないと。半休で処理してくれたし、さっきミジョンさんは大丈夫かって、私に連絡もくれたんだよ」

「そうなんだ。ありがたいよね。わかった」

素直に答えるミジョンを、ユギョンは少し不安そうな目で見つめた。ミジョンはユギョンの左手の携帯電話をそれとなく取り上げると、ベッドの横のサイドテーブルに置いてから、ユギョンの左手を持ち上げて自分の胸の上に置いた。

「素直に抱いてって言えばいいのに」

ミジョンの胸に腕を置いたままユギョンが笑った。ユギョンが笑ったとおりにユギョンの腕が振動した。ミジョンの体も一緒に震えた。

「抱いて」

4

八月十一日は放送大学の受講申請の締め切りだった。ユギョンはこの最後の申請期間を逃してしまったのだった。ミジョンは朝食を食べながら、今日中に放送大学の受講申請を忘れず済ませるようにとユギョンに言った。

「あ、そうだ、わあ、私、また完全に忘れてた。私の授業日程なのに、ミジョンのほうがよくわかってるね？」

ユギョンが不思議そうに言った。ミジョンはただ笑っていた。

「でも、今年はスクーリングあるのかな？　この前の学期は開講日が何度か変更になったけど、結局レポート提出に変わったんだよね」

「秋学期は放送大学も全部オンライン授業になるはずだから」

「たしかに、他の大学も秋学期は最初からオンライン授業だもんね」

ユギョンはミジョンの言葉に頷いた。


八月四日はミジョンの夏休みだった。二人一緒には休暇を取れなかった。小さな会社で担当業務も被っている二人が同時に休むのは難しかった。ユギョンは先週の七月二十九日から三十一日、ミジョンは八月三日から五日が夏休みだった。二人は国内旅行にでも行こうかと迷ったが、最終的には自宅で過ごしたのだった。

「出かけよう」

ミジョンは日帰りで旅行に行こうと言った。ユギョンはためらっていた。

「実家から車を借りてきてるならともかく、いきなりバスでどっか行こうなんて。人がどれだけいるか、清潔かどうかもわかんないのに。だから安全に家で過ごそうって決めたんじゃない」

家が安全なのは確かだった。これからもそのはずだった。それでもミジョンは旅行にこだわった。どこでもいいから行こうと言った。仁川でも、江華島《カンファド》でも。江陵《カンヌン》とか海雲台《ヘウンデ》みたいに有名な観光地じゃなくてもいいから出かけようと言い張った。最終的に夏休みは家で過ごし、金曜から日曜にかけて二泊三日のホカンス【「ホテル」と「バカンス」を合わせた韓国で生まれた造語】に出かけることにした。八月七日にチェックイン、九日にチェックアウト。ミジョンは仁川にあるホテルを予約した。五つ星ホテルは税込みで一泊三十万ウォンだった。

「わあ、すっごく高い。最近はホテル安いのかと思ってた」

ユギョンがミジョンのノートパソコンの画面を見ながら言った。

「高すぎじゃない？」

「大丈夫」

ミジョンが言った。

「大丈夫じゃないよ、これ二泊したらいくらになるの。家にいると息が詰まる？」

ユギョンがなだめるように訊いた。いくらなんでもお金がもったいないという表情だった。

「行けば楽しいから」

ミジョンは断固とした口調でそう言うと予約ボタンを押し、自分のクレジットカードで決済した。ユギョンが半額払うと言ったので言い争いになった。結局最後まで粘ったユギョンが、ミジョンの口座に宿泊費の半額を振り込んだのだった。

七月二十八日、ミジョンは仁川にある五つ星ホテルを予約した。二人の休暇のちょうど間に挟まっている週末の七月三十一日にチェックイン、八月二日にチェックアウトのスケジュールだった。税込みで一泊三十万ウォンだった。決済まで終えてから予約確認証のスクリーンショットをユギョンに送った。パーティションの向こうでのけぞって目を丸くしていたユギョンは声を出さずに口だけ動かした。

「何これ?」

目はモニターに固定したまま、ミジョンは素早く携帯電話の文字キーを押した。

「今年の夏休みは、週末にここでホカンスしよう。もう決めちゃった、かんかんかんかん!」

ユギョンの笑い声が聞こえたような気がした。

五月十二日。ミジョンは週末に美容院へ行くと言った。

「今回は思い切って、ばっさり切ろうかと。もっと暑くなる前に」

「どれくらい短く?」

「このくらいかな?」

ミジョンが耳の下十センチほどを指した。

「そこってさ、一番扱いにくい中途半端な長さだけど」

ユギョンが呆れて言った。

「ミジョンさあ、去年も自分の好きなようにカットしたのに、速く伸びないかな、これってほんとスタイリングしにくいって、私に毎日ぶうぶう言ってたの、もう忘れた? あのときも不満はそれくらいにして坊主頭にするか、すっぱり切るか、どっちかにしなよって言ったでしょ」

昨年の夏。そう言われてみれば、季節ごとにどんなヘアスタイルが似合うかとユギョンにいちいち聞いていた頃、今となっては遠い昔となった一年前の夏にそんなことがあった。ミジョンは思い切ってショートカットにしてから、ショートカットはすぐ乾く以外にひとつもいいところがないと、秋の間ずっとぶつぶつ言っていた。最初は「そうだね、私の似合わないと思うって言葉を聞いておけばよかったのに」「すぐ伸びるよ」「考えたからって速く伸びるわけじゃないんだし」と答えてくれていたユギョンが本気でいらいらするようになり、ミジョンはそれから不平を言わずに黙って髪を伸ばしたのだった。

「そうだったよね。切るのはこのくらいにしなきゃ」

ミジョンは手を脇まですっと下げた。そしてユギョンは「何、なんでそんなに素直なの？」と言うのだろうなと想像した。

「うん。そのくらいがよく似合う。結んでアップにしたら涼しいだろうし」

ユギョンはそう言っただけだった。


四月二十八日。ミジョンは午後の半休を使って美容院に行った。髪を肩の下、脇のあたりまで切り、すいてもらった。美容院は閑散としていた。

「美容院に行くって、カットのためだったんだ？　涼しそうに見えるし、よく似合ってる」

「でしょ？　似合ってるよね？　このヘアスタイルが私には一番だよね？」

ミジョンはユギョンの前でくるりと一周回った。整えたばかりのドライヤーでカールした髪の毛がふわりと躍った。

「うん。愛らしい」

ユギョンが真剣に答えた。

四月二十一日、二人は緊急災難支援金のカードでケーキを買った。ミジョンは七号サイズのケーキを買おうと言った。

「食べきれないかもしれないから五号にしようよ」

「やだ。大きいの買うんだもん」

ミジョンはハート形のろうそくも買おうと言った。ユギョンはやれやれというように首を振った。

「はいはい、欲しいの全部買いなよ。国のおかげで金持ちだしね」

ケーキはすごく甘かった。そして馴染みのない味だった。技術と手間のかかった味だった。ミジョンはとても久しぶりに、本当にとても久しぶりにケーキを食べるという事実に気づいた。その晩、七号サイズのケーキの半分をひとりで完食したのだった。慌ただしく。

四月十四日。ミジョンは可愛くラッピングされたチョコレートとマカロンをユギョンにプレゼントした。

「うちら、来週だよ?」

「来週はケーキでちゃんとお祝いすることにして、これは予告編?」

ミジョンは勧められるままにマカロンをひとつ食べた。チョコレートは断った。

二〇一九年十二月二十四日。二人でクリスマスイブのディナーを準備した。ミジョンはシャンパンを買った。ユギョンはステーキを焼いて特製ソースを添えた。背の高いガラスのコップに生花の花束を挿し、窓辺に小さなポインセチアの鉢植えを置いた。二人は食事をしながら酒を飲んだ。ミジョンはキッチンを片付けようと立ち上がるユギョンを引き留めた。

「明日にしよう」

「生ゴミだけでも片付けて、洗うのは明日にするとしても食器は片さないと」

ミジョンがもう一度引き留めた。

「明日にしよう。明日で大丈夫」

二〇一九年十一月十九日。目を開けると横に誰もいなかった。ミジョンはしばらくの間、ぎゅっと目を閉じていた。少しすると記憶が徐々によみがえってきた。引っ越してすぐに、ユギョンは両親を連れて京都へ紅葉狩りに行ったのだった。ミジョンは部屋を見回した。まだ手つかずの家財道具がほとんどだったが、隣にはもうひとつ枕が置かれていた。ミジョンはその日、有給休暇を取って家の整理をした。ユギョンが帰ってきたときに、ミジョンが隅々まで手をかけた清潔な家を見られることを願いながら。

二〇一九年十一月十二日。ミジョンは引っ越し荷物の整理をした。

二〇一九年十一月五日。ミジョンは引っ越し荷物の整理をした。

二〇一九年十月二十九日。ミジョンは真っ白なオフィステルの天井を見ながら目を覚ました。狭いワンルームのあちこちに、がらくたを詰めた大きな段ボール箱が置かれていた。箱を避けながら動こうとするといらいらした。ＩＨコンロを見ながら歯磨きをして、朝食抜きで出勤した。会社に着いたらユギョンがいた。ミジョンは引っ越し荷物の整理を諦め、退社後にユギョンと思い切り遊んだ。久しぶりに十二時過ぎまで酒を飲んで踊った。

5

二〇一九年四月二十三日 午前七時。ミジョンはすっかり見慣れたオフィステルの天井を凝視していたが、やがてユギョンに電話をかけた。

「もしもし」

「キム・ユギョンさん。ミジョンです」

「あ、はい、ミジョンさん。もうちょっとしたら会社で会うのに」

ユギョンは不安なのか言葉を濁した。

「いや、ただ、なんとなく」

ミジョンは言った。告げようと思っていたことがあったのに、どうしても口に出せなかったのだった。

「そうですか」

二人の間に曖昧な沈黙が留まり、消えた。

二〇一九年四月十六日。ミジョンはユギョンに告白をした。ユギョンは受け入れた。

「ほんとは、私が先に言うつもりでいたんですけど。駄目かもと思って……。すごい緊張しながら計画も立ててあったのに」

「日曜日に言うつもりだったんでしょ?」

「なんで知ってるんですか?」

「私も週末に言おうかなって思ってたんです。でも、待ちきれなかった」

二〇一九年三月五日。パク・ソナ係長に言った。

「係長、昨日の面接でクォン・ヒジャさんの後任に内定した方いるじゃないですか」

「はい。えっと、キム・ユギョンさんですか?」

「ちょっと考えてみたんですけど、私は彼女じゃないほうがいい気がして。昨日の面接では係長がすごく気に入っていたし、社長も問題ないっておっしゃったので、私もいいと思うと申し上げたのですが、一緒に仕事をするのは向かないように思いました。私には人事権もありませんから……。昨日は申し上げられなかったんですが、本音はちょっと。今日になってこんな話をするのは申し訳ないのですが、まだ採用通知をしていないのならば、再検討していただけないでしょうか」

パク係長が眉をひそめた。

「まだ採用通知はしてないけど、昨日面接までしておいて、社長も決定されたことをまた蒸し返すのはちょっと」

数ヵ月前に、あるいは数年後に、ミジョンの手を握れなくなったユギョンを思い浮かべた。二人で食べる食事を準備するために、ミジョンが自宅待機で休んでいる間も出勤するために、外に出かけていたユギョン。有無を言わさず閉め出されたドアの下に佇んでいたユギョン、号泣して大声をあげるミジョンを抱きしめてあやしていたユギョン、ミジョンのマスクを買いに階段を二、三段ずつ駆け上がっていたユギョン、こんな贅沢するなんて何事だとホテルの巨大なベッドに直角に横たわり、枕を二つ抱きかかえて転がっていたユギョン、くるりと回るミジョンをいとおしがっていたユギョン、一緒にシャンパングラスを傾けたユギョン、不思議なほど収納が上手だったユギョン、手入れの行き届いたステーキ専用のフライパンを自慢していたユギョン、梨泰院《イテウオン》で体を寄せ合って踊っていたユギョン、とんかつが好きなユギョン、実家から持ってきたおかずをオフィステルの小さな冷蔵庫にきちんきちんとしまってくれたユギョン、狭い部屋でお尻や肩がぶつかると、照れながらもう一度ぽんと叩いてきたユギョン。そのすべてのユギョンを思い返していた。

「それでもずっと一緒に働くのは私なので、どうしても合わない気がしてお話ししました。それに、あのキム・ユギョンさん、話はうまいけど、正直言ってスペックなんかを見ると、すぐに辞めちゃうんじゃないかって心配にもなって。うちの会社は隣の人も手伝いながら仕事を進めなきゃいけないのに、自分の担当業務はうまくこなせたとしても、それ以上は無理そうに思えて」

「うーん、我が強そうに見えたのは確かでしたね。わかりました。まだ発表前だから社長に申し上げておきます」

「ありがとうございます」

「ミジョンさん、行き過ぎた行為なのはわかってますよね？　ミジョンさんとの共同業務が多いポストだから大目に見ましたけど」

「はい、わかっています。ありがとうございました」

　ミジョンが席に戻ると、パーティションの向こうからヒジャさんがひそひそと尋ねてきた。

「昨日、採用することにした新入りの話？　そんなに気に入らなかった？　昨日はいいって言ってたのに」

「なんとなくちょっと。誰が来ても満足はできないだろうけど」

ミジョンはヒジャを見て笑った。

「ミジョンさんったら、うれしいこと言ってくれるじゃない」

三月十五日付で退職することになっているヒジャさんは、気分よさそうに答えると無意識にお腹を撫でた。明日はもうどこにも、いつにも存在したくないとミジョンは思い、決心し、パソコンを点けた。

■作家ノート
机の引き出しを整理した。有効期間の過ぎた会員カード、領収書、インクが乾いたボールペン、書き写しノート、変色した包装紙なんかを発掘して、そのままゴミ箱に入れた。ハノイのシェラトンホテルのロゴが印刷された巾着袋が出てきた。数年前に好奇心からウェルカムポイントの代わりにもらったローカルギフトだった。もらってから「次からはギフトじゃなくて、ポイントをつけてくださいって言わなきゃ」と思った記憶がある。私は、もう戻れないその時代の遺物を捨てずに引き出しへと戻した。

あの箱

그 상자

キム・イファン 김이환
清水博之 訳

〝あの箱〟がもうすぐ到着しますとミンジュンに告げると、ジャンウェイはしばらく沈黙した。最近ジャンウェイは人間の口真似がどんどんうまくなって、今回の間の置きかたは、まさに考えすぎて言葉が出ない人のようだ。

ドローンがあの箱を持ってくる予定ですが、玄関までは来ません。ミンジュンの家はアパートの三階ですから――ジャンウェイが口ごもった理由はそこにあった。ドローンの到着地に行って受け取ってはどうでしょう、ボランティアの人にお願いすることも可能ですが、出かけて直接もらうほうがいいのではと、慎重に提案する。

行くよとミンジュンが答えると、外出準備は怠らないように、とジャンウェイ。それくらいのことは前々から頭にあった。イヤホンを耳に差しこみ、手術用の手袋をはめ、マスクをつける。外出に適した清潔な服を探すのに苦労したが、ほこりの臭いがするぶかぶかのパーカーとジャージを着ることにした。どうせすぐ戻って着替えるのだから気にする必要はない。

町に誰もいない光景は、いつも窓から眺めて知ったつもりでいたが、いざ降りて実際に見ると、道路は落ち葉とゴミとほこりだらけだった。車も人も通らないから、道にほこりがたまるのだろう。営業していないコンビニや、机と椅子で入り口が完全にふさがれた別の店舗を見ながら、店が開いていたのはいつのことだったか、まったく思い出せない事実に気づいた。あそこに見えるスーパーは、什器《じゅうき》も商品も全て撤収してしまったのだろう、入り口が大きく開いており中には何もなかった。

空き地には空色のペンキで円が描かれ、隣には「ドローン離着陸注意」という看板が設置されていた。ここが物品の受け取り場所だ。看板の横に立ち、ドローンを待つ。短い距離を歩いただけなのにめまいがし、目をパチパチさせて耐える。

空き地の向こう側では見知らぬ男が煙草を吸っていて、ミンジュンに気づくとじろじろと視線を飛ばしてきた。ウイルス免疫を持つボランティアであることを意味する、赤い十字印の腕章をはめている。男と目があったとき、ミンジュンは思わずそっぽを向いた。まだ免疫を持たない自分に近づくような、考えのない行動は当然しないだろう。彼はやはりそうせず、遠く離れた場所から声をかけてきた。

「こんにちは。どちらにお住まいですか？」

ミンジュンは「そこ」と言おうとしたが、何日も言葉を発していなかったからか、声がうまく出なかった。咳払いをしながら自分の家を指さすと、男は問い返した。

「三階？　あの建物の三階ですか？　それなら８７６番地ですよね」

驚いた様子で何度も繰り返すのを変に思ったが、ミンジュンは黙ってうなずいた。積極的に質問したい男と、特に話をしたくないミンジュンのやりとりは、それ以降も途切れがちに続いたが、積極的な男はあきらめなかった。

「私の家は１２３番地です。初めまして、キム・ソクヒョンと申しまして、この地域のボランティアです。お宅の玄関に何度も支援物資を置きに行きました。８７６番地の生活必需品は私が担当してるんですよ。ご存じでした？」

生活必需品を運んでくれる人だったとは。出会えたのは喜ぶべきことであり、ありがとうと言いたかったが、それを口にする気にはなれなかった。外はウイルスだらけ。ソクヒョン君であれ誰であれ、接触は避けたい。

早く箱を受け取って家に帰りたい。そわそわしながら待っていると、やがてドローンが飛んできた。ドローンが地面に置いた箱は、予想よりも小さく、持ってみると軽かった。自分が876番地に持っていくことになっている箱だと言い、近づくソクヒョン。つまり、ミンジュンとソクヒョンは同じ箱を待っていたわけだ。

ミンジュンが口を開いた。

「僕が持っていきますよ。大切な物だから。なくしたら大変なんで直接取りに来たんです」

「それなら家の前まで運びましょうか？」

ソクヒョンは言うが、ミンジュンは箱が不思議なほど軽いことに気を取られるあまり、返事ができなかった。中身が入ってなさそうで、荷物は合っているのだろうか、全然違う箱が届いたのではないかと疑問に思った。ソクヒョンが提案する。

「開けて確認したらどうです？」

箱の中には小さな鉄製の骨壺があった。派手な装飾の入った陶磁器を想像していたが、そうではなかった。骨壺の表面には、病院名が書かれているだけ。蓋は開いていて、中には何も入っていない。

「なんで空っぽなんだろう……」

困ったことになった。ジャンウェイが病院に確認の電話をかけ、ミンジュンも話に加わる。病院職員と看護師とジャンウェイとミンジュンの四人のあいだで通話が複雑に絡み合い、ソクヒョンはその横で心配そうな表情を浮かべていた。

ジャンウェイが確認したところによれば、ミンジュンの両親はどちらもまだ安楽死していないという。彼らは今も入院中で、もちろん火葬もされておらず、空っぽの骨壺が間違って配送されただけらしい。病院職員も看護師も同じ見解だ。

一方、火葬された父の遺骨はとんでもないところに送られ、空っぽの骨壺だけが自分のもとに届いた――そんな恐ろしいシナリオを思い描いたミンジュンは、本当に両親が病院にいるのか確認するまで通話を終えたくなかった。病院側は、ご心配なさらずに、と繰り返す。ウイルスに感染し意識を失ったミンジュンの両親は、本来なら安楽死を受けることになっているが、待機者があまりにも多いため遅れている、骨壺がなぜ配送されたのかはわからない――と説明する。

ミンジュンは、わかりましたと答え通話を終了した。箱をどうしたものかと呆然としていると、お宅まで持っていきますよとソクヒョンが奪うように持った。アパートの階段をのぼる短い時間、ソクヒョンはボランティアの仕事について話す。今日した仕事やこれからの予定などを逐一説明した後、自分の所有する人工知能がミンジュンの人工知能と友達になってもいいかと聞いた。

「私の人工知能の名前はジョンです。ミンジュンさんのジャンウェイと仲良くなりたいと言ってまして、問題ないでしょうか？」

問題ないだろう。それに聞くまでのことでもない。彼らがインターネットの中で会ったなら、妨害する術はないのだから。持ち主の許可を得るという形式的なやりとりを行うだけだ。

ソクヒョンの人工知能・ジョンの声が、ジャンウェイを通じミンジュンのイヤホンから聞こえてきた。

「こんにちは、ジョンです。ジャンウェイからいろいろ聞きました。これからもよろしくお願いします」

ソクヒョンは玄関前でミンジュンに箱を手渡し、家に入ろうとはしなかった。部屋の中のスマートスピーカーからジャンウェイの声が聞こえてきて、ソクヒョンに挨拶する。

「こんにちは、ジャンウェイです。お会いできてうれしいです。ジョンからいろいろ聞きました。これからもよろしくお願いします」

ソクヒョンは会釈しながらぎこちなく扉を閉め、必要な物があればジョンを通して何でも言ってください、と扉の向こうから叫んだ。わかりましたと答えたミンジュンは寝室に入り、箱を開けて骨壺を再び眺めた。手袋とマスクを外し、服を脱いではたき、手と顔を洗い、消毒液をなすりつける。ベッドに横になり、こうして一日は終わった。

その日以来、ジャンウェイはジョンと仲良くなったようで、ミンジュンは時々、彼らの近況を聞かされることになった。スマートスピーカーを通じてジョンから直接話しかけられることも。

ジョンのおしゃべりには、ソクヒョンの話題がそっと付け加えられた。個人情報が排除された知っても知らなくてもいいエピソードは、親しみを覚えるのに充分な、絶妙な内容ばかりが選ばれている。昨日はソクヒョンがボランティア仲間と人工培養肉を焼いて食べ、遅くまで酒を飲んでいたから、起こすのが大変だったとか。最近ソクヒョンが熱帯魚の飼育にはまっているので、ジョンが熱帯魚にまつわる新しい話題を検索し、朝晩報告することになっているとか。ひとの私生活を暴露するのはやめて、自分のことだけ話せとミンジュンが指摘すると、人工知能の近況なんか聞いたところで何の意味があるんですか、とジョンはふてぶてしく答えた。

その後もソクヒョンはミンジュンの家の前に生活必需品を運び、そのたびにドア越しに話しかけてきた。必要な物はありますか、言ってくれたら何でも持ってきますよと元気に声をあげることも。ミンジュンは寝ているとき、気分が良くないときは何も答えなかったが、ジャンウェイを通じてこちらの状況は伝わっているだろうと確信していた。

ある日ソクヒョンと話をしている際に、短いあいだ電気が落ちたことがあった。パンデミック以降、電気やガスや水道は頻繁に止まるようになったが、ミンジュンは特に気にしていなかった。しかしジャンウェイとジョンとソクヒョンは、口をそろえて不便だと言った。

「特に電気は重要ですよ。インターネットがだめなら、緊急時、ボランティアや警察に連絡できないじゃないですか」

電気が来なくてもインターネットは使えるのでは、もしだめでも別の連絡方法をジャンウェイが必ず見つけるのではと思ったが、ソクヒョンは絶対に直さないとと主張する。次の日にはもう、ミンジュンの家の電気配線を修理するため、六人がかりでやってきた。

みんな家の中には入らず電柱や計量器をいじっている。窓から彼らの様子を観察していたミンジュンは、マスクをしていないソクヒョンの顔を初めて見た。ソクヒョンも、ほかのボランティアたちもみんな健康そうで、嘘偽りなく抗体保有者なのだろうと思った。もちろん外見とウイルス感染の有無には何の関係もないことぐらい知っているが。

人まで呼んで電気配線を修理してくれたのだからお礼をしないとと思うミンジュンは、外で会おうというソクヒョンの提案を断ることはできなかった。非感染者と抗体保有者が面会できる「グリーンゾーン」という場所があるという。悩みに悩んだ末、外出を決心した。何であれ良くしてくれたのだし、一度ぐらいは頼みを聞かないと。

グリーンゾーンといっても特別な何かがあるわけではなく、仮設住宅の真ん中に透明なプラスチックの壁を設置し、刑務所の面会室のように空間を分離しただけだった。ソクヒョンの話によれば、かつては非感染者が人と接触できる唯一の場所だったらしいが、ミンジュンは自宅の近くにこんな施設があることすら知らなかった。昔はここでウイルス感染の有無を検査し物品を配っていたとソクヒョンは説明する。

室内には消毒薬やマスクなどの医療品、インスタントラーメンなどの保存食が積まれていた。ソクヒョンは透明な壁の近くに椅子を持ってきて、ミンジュンの近くに座った。ミンジュンのいる部屋にはお菓子の箱が並び、ボランティアのおやつだからナッツもお菓子も好きなだけ食べていいとソクヒョンは勧める。食料が貴重な時代、このような待遇を受けていいものなのかとミンジュンはためらった。ふたりがプラスチックの壁をはさんで向かいあうあいだ、ほかのボランティアたちが出たり入ったりしたが、最終的にはふたりだけになった。

ソクヒョンは言葉を選んで質問する。

「こないだ届いた箱、お父さんの骨壺だったんですよね？」

「父の骨、入ってなかったですけどね。父は二年前に母と一緒にウイルスに感染して、それっきり起きられなくなって」

ミンジュンはぎこちない空気にならないよう、思いついたことを何でもぼそぼそと話した。ソクヒョンはミンジュンの言葉に耳を傾け、相槌をうつ。ソクヒョンのほうは、ウイルスが広まるとすぐに感染し、昏睡状態から四日後に目覚めたと語った。抗体ができた後にボランティアを志願し、これまで働いてきたという。

お菓子の箱の中に好きだったキャラメルポップコーンを発見し、ミンジュンは手に取った。かなり久しぶりに見るお菓子だ。袋を開けようとするも力が出ず、なかなか開けられない。私がやりましょうかとソクヒョンが声をかけた瞬間、袋が開いた。

「ご飯、ちゃんと食べないと」

そう言うソクヒョンに、ミンジュンは聞いた。

「ボランティア、大変じゃないですか？」

「いろんな人に会えるから楽しいですよ。お米の配給も月に二回あるし」

ボランティアたちは当初、昼食だけしかもらえなかったが、後になってお米も配られるようになり、それだけでも助かったとソクヒョンは話す。世界的に食料が不足していた時期は、お米を高価な物と交換できたらしい。当時買った物だと履いていたスニーカーを見せてくれたが、靴の価値を知らないミンジュンには、どれだけ高いのかわからなかった。

ウイルス感染患者が増えるとともにボランティアの仕事が増え、一時は本当に忙しかったという。救急隊を手伝い患者を病院に移送し、病院が足りなくなれば学校や教会を病院に改装する仕事を手伝い、まだ感染していない人に支援物資を持っていき、夜は泥棒が出ないよう警察とともにパトロールし、そのほか掃除や修理など、やれる仕事は全部やったとソクヒョンは話す。

「都心では今もやるべき仕事は多いですが、郊外に引っ越してからだいぶ楽になりましたね。ここはやることがないんです。人がいないから。掃除や施設の補修をしても意味ないですし。まあ、それなりに楽しいですよ」

ソクヒョンは悪い仕事ではないと考えているようだが、本当にそうだろうかとミンジュンは疑った。家で遊ぶのが一番楽しくないですかと聞くと、ひとりで何して遊ぶんですかとソクヒョンは聞き返した。

「ひとりで遊ぶのは……楽しいですよ。楽しいじゃないですか、いろいろと……。もともと出不精なほうだったけど、特にパンデミック後は、家で何かに熱中していましたね。何かしないと不安だから……あれこれしないと」

父と母が感染し病院に運ばれ、自分もそのうち感染するのではと、部屋のベッドでひとり震えていたあのとき。部屋の隅に積んであった本が目に入り、死ぬ前に読んでみるかと思いたち全ての本を読破した。好きな本は二度ずつ読んだ。専門書も読み、捨てようと積んでおいた雑誌や新聞も取り出して読み、気に入った記事はスクラップもした。パソコンにファイルを作成し読んだ本のリストを作り始めたところで、急にやる気が失せた。

「いったい何をしてるんだろうと思ったら、できなくなったんです」

本の次は映画やドラマ。最初はインターネットでホラー映画ばかり観た。時間はどんどん過ぎ現実を忘れることができたが、家でひとり怖い映画を観ていると、だんだん頭がおかしくなる気がしてやめた。その次はドラマに移ったのだが、韓国のドラマはパンデミック以前の生活を思い出させ、つらくなるので多くは観なかった。アメリカや日本のドラマは仮想現実のようであまり重くなく、なかでも犯罪捜査ものを集中して観た。しかしあまりにたくさん観たものだから目と頭が痛くなり、これも結局やめてしまう。

「誰でも時々、気が変になるものですよ」。話の合間にソクヒョンが口をはさむ。「そのとき、ジャンウェイは何て言いました?」

「僕を止めようとしましたが、僕が話を聞かなかったんです」

その次は掃除だった。ドラマを観た後に部屋を見回すと、かなり汚い。両親が帰ってきたら、この有様を見て何と言うだろう？　片付けもできないのかという小言が頭に響くようだった。あらゆる物を引っ張り出してほこりを払い、家具を動かして床を掃く。使い道のない服や物を捨て、整理を始めたところ壁にぶちあたった。それぞれに使い道があるのかないのか、判断できないのだ。特に両親の荷物はどう整理すればいいのかわからず、頭がこんがらがったので掃除もやめた。

「それからまったく掃除してなくて、家の中はひどい状態です」

長々と話してしまったと感じたミンジュンは口をつぐんだ。ソクヒョンも黙ったままで、ふたりのあいだには沈黙が流れる。再びミンジュンが口を開いた。――最初は毎日をやりすごすことが大変だったけど、ある瞬間から時間の概念があいまいになったんです。一日があっという間に過ぎるから、ずっとひとりでいるのも大変ではない。そうして二年が過ぎたというわけ。

ミンジュンが話し終えた後も、ソクヒョンは押し黙っている。ミンジュンはお菓子ひと袋を食べきって満腹になり、それ以上は手を出さなかった。

「ウイルスから回復した後は都心にいたんですが、ここと違って人が多かったですね」。

ソクヒョンが沈黙を破った。

「病院周辺の地域は過ごしやすかったですよ。病院で働く医療陣とボランティアたちも住んでいるから、上下水道や電気も問題ないし」

なぜ都心に残らなかったのかとミンジュンが聞くと、ここがいいんですと答えた。

「やっぱり、自分の住んでた町ですから」

ミンジュンも家を出ようか迷っていた時期があった。最初は家を守らなければと家に残り、両親が感染した後はふたりが戻るのを待つため家にいた。今は外に出るのが危険だから家にこもっている。

「結局、僕ひとりだけが家に残って。でも、ほかの人も同じでしょう？」

ミンジュンが聞くと、そうですよねとソクヒョンは答えた。

それからのおしゃべりは楽しいものとなり、生活必需品を受け取り家に帰る道も気分が良かった。ところが部屋で眠りに就くと、そのまま三日間起きあがることができなかった。ウイルスに感染したのだ。


どこでもらったのだろう、グリーンゾーンで？　キャラメルポップコーンで？　生活必需品の箱で？　当たった風で？　ドアノブで？　眠るミンジュンが昏睡状態に陥ると、ジャンウェイはすぐ救急車を呼んだ。ジョンにも状況を伝えると、ジョンはソクヒョンに伝達。ソクヒョンとボランティア仲間が到着したのは、救急車よりも先だった。ジャンウェイから教わったパスワードを押し、扉を開けて部屋になだれこむボランティアたち。

部屋に横たわるミンジュンの容態を確認すると、すぐ病院に運ぶべきか、家でしばらく経過を見るべきか、病院に質問した。病院側も、後で到着した救急車の医療陣も、家にいるほうがいいと答える。病院に移送したところで病室もない。ソクヒョンはミンジュンをそのままベッドに寝かせ、見守るほかなかった。

ミンジュンが眠ってから三日が経ち、あのときすぐ病院に移送すべきだったのに判断を間違えたのだと、ボランティアたちが胸を痛めていたころ。ミンジュンががばりと起き上がったものだから、一同は飛び上がるほど驚いた。

眠っているあいだ、ミンジュンはずっと悪夢にうなされていた。後にジャンウェイが教えてくれたことによると、ウイルスのせいだという。ウイルスが神経系を攻撃することで、脳は体を制御できなくなる。体の免疫系がウイルスと闘っているあいだ、脳は悪夢を見てしまうらしい。人生を初めから繰り返すような夢だったと、ミンジュンは振り返る。建物に閉じ込められて出口を探したり、高校に遅れそうになりがむしゃらに走ったり、大学にまた通ったり。両親はいたりいなかったり、入院したり亡くなったり。生活必需品を探して全国を回り、脈絡なく大統領選の投票に行き、映画館に行って、また生活必需品をなくしたりした。

「全部、ただの夢です」

ジャンウェイは言うのだった。

ともかく、神経系が破壊され昏睡状態となったウイルス感染者とは違い、ミンジュンの免疫系はウイルスに打ち勝ったわけだ。再び救急車でやってきた医療陣に、完治したので数日間の隔離だけすればよいと告げられたミンジュンは、ボランティアたちが近所の不動産屋内に準備した医務室へと移った。

ベッドといくつかの医療機器がありボランティアが管理するこの場所に、不動産屋らしさはまったくなかった。ミンジュンは言われるままここで数日を過ごす。三日間何も食べていなかったので栄養食が与えられた。食べるのが難しければ鼻からチューブで注入すると言われびくびくしたが、ちゃんと口から飲み込み消化することができた。何をする気も起きず、数日間ベッドに横たわり消毒液の匂いを嗅ぐばかりだったが、そろそろ嫌気が差してきたころ隔離が解かれた。

ソクヒョンが、赤い十字印の貼られた腕章をミンジュンに差し出した。

「治ったから、どこでも行きたいところに行けますね」

十字のワッペンが外れないようしっかり縫っておきましたよ、何か必要なことがあれば教えてくださいい、と甲斐甲斐しく話しかける。ほかのボランティアたちも集まってきて、これからどうしますか、計画はありますか、と質問攻めにした。

「寝ているあいだ、行きたい場所ややりたいことを考えておかなかったんですか？」

行くべき場所はある。両親のいる病院だ。今なら面会申請もできるし、もしも安楽死の日が決まったら、自分が火葬の手続きをして遺骨を受け取ることだってできる。


ミンジュンの両親が入院するのは、教会を改装した病院だ。ここに移送されたのも、ふたりがキリスト教徒だったからだと、ミンジュンはぼんやり思い出した。

「息子さんですよね？」

腕に赤い十字印をつけた看護師がやってきて、彼に声をかけた。骨壺が間違って届いたときに電話で相談した看護師ではなかったが、彼が訪問理由を説明するとすぐに理解してくれた。

「たまに、そういうことがあるんです」

ミンジュンについてきたソクヒョンは、一緒に病室に入ることはできず待機室で待っている。病室には、ウイルスに感染し意識の戻らない六人が横たわっていた。並んで眠る両親は痩せ細り、さらに年をとったように見える。

看護師が横に座り彼らの状況を説明した。――脳がウイルスに攻撃されており、意識を回復することは難しい。このような場合、感染二年後に安楽死を受け入れることが法律で決まっている。しかし待機者がとても多く、ミンジュンの両親のように家族がいる場合は、数か月延期となることが多い。

「その安楽死法、病室が足りないからできた法律だと聞きました」

「ええ。でもご両親の場合は、もっと遅れるでしょうね。家族が生存している場合は、だいたいそう」

同時に感染した母はまだ日程が決まっておらず、父は三週間後の予定だがそれも確実ではないので、そのときまた連絡してみてはと看護師は提案する。

ミンジュンはソクヒョンの運転する車に乗って家へと向かった。車の中、気を落とすなと声をかけるソクヒョン。ミンジュンは口を開いた。

「やっとわかった」

「何がです?」

「みんな家族をなくしたんだなって」

「まあ、そうですよね」

ボランティアたちも家族をなくしているのだ。

ソクヒョンが口を開く。

「それとは別に、悪いニュースがひとつあるんですが聞きますか？」

いきなり何を言いだすのかと、当惑するミンジュン。

「ウイルス抗体を獲得したミンジュンさんには、生活必需品はもう配給されません」

生活必需品はウイルスを避けて家にこもる人に与えられる物であり、もうウイルスに感染することのないミンジュンに支援物資は必要ないというわけだ。今日食べる物もないのにどうしよう……。ミンジュンがつぶやくとソクヒョンが横から口をはさんだ。

「ボランティア、やったらどうです？」

今晩ひとまず自警団から始めましょう、と彼は告げた。


夕食の時間にコンビニの前に集まればいいらしい。家に戻りベッドに横たわったミンジュンは、すぐ眠りに落ちた。日も暮れたころジャンウェイに起こされ、ふらふらする頭を抱えて外に出る。

コンビニの前には、すでにソクヒョンやほかのボランティアたちがいた。

「もう働くんですか？」

回復し隔離も終えた日に働きに出る人なんて初めて見たと、ボランティアたちは口をそろえて言う。ソクヒョンが働けというから働く以外の選択肢はないと思っていたミンジュンは、きょとんとしてしまった。いずれにせよ、お米がないから働かないと。

自警団はコンビニの前に設置された待機室で時間を過ごし、夜に泥棒や強盗がいないかパトロールする。それが終われば夕食やおやつを食べ、ホログラム映画を観るそうだ。怖い映画が多いけど大丈夫ですか、とソクヒョンは聞いた。

「怖い映画って、ホラー映画のこと?」

「いや、パニック映画です」

地球の滅びる映画が多いというソクヒョンの説明に、なぜ? という質問がミンジュンの喉から出かけた。

待機室には不動産屋の壁からはがしてきた地図が貼ってあった。パトロールする地域がペンで囲まれている。ミンジュンの家には赤丸を描いて消した跡があり、その横には「抗体」と書かれていた。

初めての見回りは、ソクヒョンと一緒に動いた。

「最初ですので、あまり大変ではない、遅くない時間にしておきました」

ソクヒョンは言うが、ボランティアたちがなぜ自分に良くしてくれるのか、ミンジュンにはわからなかった。新しいボランティアが来たら同じように面倒をみるのだろうか?

道順はソクヒョンがよく知っていたので、ミンジュンはついて歩くだけだった。実際に歩いてみると、ミンジュンの家はほかの住民の家からだいぶ離れており、そのため見回りの範囲が広くなっていることがよくわかった。

「もし僕が近所に引っ越してきたら、こんなに遠くまで見回りに来なくていいのに」

「そうですね。でも見回りも楽しいものですよ」

ソクヒョンは、まだウイルスに感染していない人が住む家々を指さし説明する。

「待機室にある地図の、赤丸の家です。あそこには老夫婦が住んでいます。そこにはお母さんと子供が一緒に。お母さんといっても、かなり若いですが。子供は七歳です。こっちの家には高校生が住んでいます」

個人情報も、プライバシーを侵害しない範囲で知っておく必要がある。まだ抗体がなく外に出られない、生活必需品を受け取る人の場合は特にそうだ。かつてのミンジュンのように、いつ感染して昏睡状態に陥るかわからないため、毎日状況を確認しなければならない。泥棒や強盗を防ぐためのパトロールでもあるが、犯罪が起きたことは一度もないとソクヒョンは話す。ウイルス抗体のある人は、わざわざ郊外の町に出かけ空き巣に入ったりしないものだ。しかし頭のおかしな人がいつ現れるかわからないから、見回りは絶対必要だと説明する。

「連続殺人犯が理由なくやってきて、誰かを殺すかもしれないですから」

「市の中心部は、だいぶ人が多いんですよね？」

「パンデミック前とほとんど変わりません。特に病院周辺は。クラブもあります。世界の終わりみたいに酒を飲んで朝まで遊ぶんです。誰彼構わずもたれかかって……」

実際に世界の終わりのような時代、そんな時間を過ごしたい人もいるだろう。ミンジュンがうなずくと、ソクヒョンが反応した。

「行ってみます？」

「行かないですね」

ミンジュンは断った。

パトロールも終わり、待機室に戻って遅くまで過ごした。ボランティアの人たちと親しくなり、人工培養肉のチキンをご馳走になった。噛みごたえは少し変だったが、味はおいしかったのでたらふく食べた。久々にたんぱく質をたくさん摂取し、力がわく気がした。

食事をしながら、みんなでホログラム映画も観た。立体映像を空中に映写するためスクリーンを必要としない、そんな装置が開発されたと聞いたことはあったが、実際に見るのは初めてだった。拾ってきたんです、とソクヒョンは言った。盗んだんじゃないのか、とミンジュンは思った。店主も客もいない廃墟同然の店から物を持ってくる行為を、今でも「盗む」と表現するのであれば。

映画は恐ろしいほど後味が悪く、なぜこんなものを観るのだろうと思わずにはいられなかった。舞台は核戦争が起きたアメリカ。人々は放射能で死に、病気で死に、飢えて死に、とうとう最後のひとりも死ぬという内容だ。ほかのボランティアたちは皆、面白がっていた。しかもすでに何度も観ていて、あらすじも知っているという。

「我々は、こうはならないですから」

みんな口々に言うが、現実もこの映画のようになりつつあるのでは、今後ワクチンができなければ本当に世界の終わりが来るのではとミンジュンは思う。実際、ワクチンの開発は二年以上進展がなく、いつまでも完成しない可能性は高いままだ。

しかし彼以外のボランティアたちは、医学の発展を信じており、ワクチンも治療薬もいつか必ず完成するはずだと語る。理由はわからないが、ナノロボット技術が鍵らしい。そうしてワクチンと治療薬が生まれれば、再び以前のように暮らせるはずだと疑わない。もしウイルスが変異し、ワクチンが効かなくなったら？　みんなは答えた。

「そのときは、また新しいワクチンができるでしょう」

これからもボランティアを続けますかというソクヒョンの質問に、やりますとミンジュンは答えた。五キロのお米袋をもらって家に帰った。

ボランティアは見回り以外にもやることが多く、ミンジュンは仕事をひとつずつ覚えていった。ドローンが運んできた生活必需品を受け取り、車やカートに乗せてそれぞれの家に持っていく。家から出たゴミを、清掃車が持っていきやすいようにひとつの場所にまとめ、清掃車が来なければ地面を掘ってそこに埋める。誰かの手助けばかりではない。どこの配給に行けば最も良い物品を最も早くもらえるのか、配給されない物品はどこから盗めばいいのか、そういうことも教わった。

仕事が終わった後、ソクヒョンの住むマンションに泊まることもあった。君の家は清潔でいいねとミンジュンが言うと、彼は答えた。

「私の家じゃないですけどね」

もともとの住人はみんな死に、訪ねてくる人もいないから、無断で使っているという。そのマンション団地は彼だけでなく、それぞれの空き家に別のボランティアたちも入居していた。本来の持ち主や親戚がやってきたらどうするの、と聞くと、別の空き家に引っ越せばいいんです、と答える。両親がウイルスから回復し帰ってくるかもしれないと考え、家を守り続けるミンジュンには、少し恐ろしい話だった。

ふたりは一緒に夕食を食べながら、人工知能が司会するニュース番組や、ソクヒョンが集めたドラマや映画を観たり、彼の熱帯魚を眺めたりして過ごした。ミンジュンが家に帰る時間になると、ソクヒョンはたびたび、一緒に暮らしてはどうかと提案した。

「マンションのほうが、水道も電気も止まらなくて快適ですよ。それにひとりで住むのは退屈だし」

ソクヒョンが少しも退屈そうに見えなかったミンジュンは、最初は聞き流していたが、やがて彼の家に泊まっていく日が増えると、ソクヒョンはより熱心に同居を勧めるようになった。まわりの人たちが余計なことを言うのでは、とミンジュンが渋ると、男ふたりが一緒に暮らして何が悪いんですか、とソクヒョンは反論する。そうだろうか？

「問題ない？」

「じゃあ何が問題なくて、何が問題あるんです？」

ソクヒョンが勧めるように一緒に暮らすのもよさそうだが、家に帰るとまた、ひとりでいる時間が楽しく思えてくるのだった。それに両親が帰ってくるまで、家を守らなければ。いや、もしもふたりが帰らなくても、家を守らなければ。これは僕の家族の家だから――そう思った。

同居問題について、ソクヒョンは返事を急かしたり、よそよそしく振舞ったりすることはなかった。ところがいきなり、とんでもないところから口出しが。ある日、ふたりで見回りをしていると、彼らの会話にジャンウェイとジョンが加わり、ふたりは一緒に暮らすべきだと言いだしたのだ。ミンジュンはあきれた。

「お前たち、おせっかいもいい加減にしろ」

自分たちもひとつ屋根の下で一緒に暮らしたいんです、とジャンウェイとジョンが訴える。人工知能が「一緒に暮らす」とは一体どういうことなのかミンジュンが問いつめようとしたとき、突然スマートイヤホンを通じて連絡が入った。ボランティア待機室からだ。

「819番地にすぐ出動してください」

緊急メッセージです、とジョンとジャンウェイも同時に告げる。ふたりは来た道を戻り819番地へと向かった。ソクヒョンが珍しく駆けだし、一足遅れたミンジュンを急かす。ソクヒョンがあわてるのを初めて見たミンジュンは、急に怖くなった。

819番地の玄関の前には、すでにふたりのボランティアが到着していた。

「十二時間以上、動きがないんです」

ここに住んでいるのは、ウイルスに感染していない高校三年生だ。両親はおらず、かつてのミンジュンのようにほとんど外出しない。時々会話をすることもあったが、今日は返事がなく、生活必需品も外に置いたままだとボランティアたちは言う。

扉を壊して中に入ると、学生はソファに横たわっていた。家の中はめちゃくちゃだった。

どこで食事をしてどこで寝ていたのか、どうやって生活していたのか想像できないほど荷物とゴミがぐちゃぐちゃに積みあがり、中に入るのも難しい。ほこりとカビ、ゴミの臭いも強烈だ。

荷物を踏んでは乗り越え、学生に近寄り容態を確認するも、異常なまでの高熱で意識はない。ボランティアたちはすぐ病院に連絡した。これだけの重体なら応急室に運ばれるはずだから、医療陣が部屋に入る準備をしようとソクヒョンが提案する。ミンジュンは物をどかそうとしてゴミの山を崩し、よけいに部屋をめちゃくちゃにしてしまった。誰も何も言わなかったが、表情や雰囲気から気分を害していることは伝わった。あせったミンジュンは、急いでゴミを隅に押しやり医療陣のための道を作る。

「ひとの家なのに、むやみに動かすのはよくないですよ」

ソクヒョンの言葉でさらに当惑するミンジュン。何が正解なのかわからず、押しやった物をもとに戻した。

しばらくして救急車が到着し、医者と看護師と救急隊員が入ってきて学生の容態を見る。昨晩ウイルスに感染して昏睡状態に陥ったようですね、と報告した。そんなこと、みんな知っている。医者も看護師も救急隊員も、どう対処すればいいのかわからないのだろう。医療陣が救急車に学生を運ぶあいだ、ミンジュンはずっと部屋の掃除を続けていた。

救急車が去ったのを契機に掃除をやめ、ボランティアたちは家を出て扉を閉めた。学生が戻る前にもっときれいにするべきかな。ミンジュンがソクヒョンに聞くと、彼は力のない声で答えた。

「その必要はないでしょう」

希望はない、ということか。しかし自分が回復したように、あの学生だっていつか目覚めるかもしれない。未来のことはわからないのだから――ミンジュンの思いは渦巻いた。

コンビニ前の待機室に集まったボランティアたちは皆、元気がなかった。自分が感染させたわけでもないのに、自分の過ちのように思っている表情だった。あの学生は回復するだろうか、ほかの感染者のようにこの世を去るのだろうか、あるいは病院のベッドでずっと寝たままなのか――お互い聞きあうが、もちろん誰も答えられない。学生がいなくなったのだから地図も修正しないと、と誰かがつぶやいたが、誰もそうしなかった。沈鬱《ちんうつ》な表情で数時間座りこんでいたボランティアたちは、やがて解散した。今日は家に帰るよと言ったミンジュンを、ソクヒョンは見送りもしなかった。

家に到着し扉を開けたミンジュンは、室内の光景を目にし、思わずすくみあがった。

「何を驚いているんですか?」とジャンウェイが質問するほどだった。

扉の前で立ち止まったまま家に入らず、中を覗き込むだけのミンジュン。いつも通りの自分の家が、まったく違って見えた。８１９番地とそっくりなのだ。

以前は少しも汚いと思わなかった家は、改めて見ると荷物がめちゃくちゃに積まれ、荒れ放題だった。窓をたまにしか開けないのが原因だと信じて疑わなかった、ほこりの臭いだと思っていたものは、８１９番地を訪れたことで下水とカビの臭いが混ざったものだとわかり、気分が悪くなる。読書にはまった時期に引っぱりだし片付けなかった本の山、捨てるかどうか決められず放置しておいた両親の荷物、後で捨てようとして忘れたプラスチックや紙箱や空き缶などのゴミ、畳まず脱ぎっぱなしの服、その隙間に転がるほこりの塊。ここでどう生活していたのか、まったく思い出せなかった。すさまじい家で暮らしていたのだ。


空っぽの骨壺を受け取ってから三週間が過ぎ、両親と面会するため再び病院を訪れた。今回もソクヒョンが車で送ってくれた。両親は変わらず眠っていて、当分は安楽死とならないでしょうと看護師は説明する。両親の様子を確認した後、ひょっとして骨壺をここに持ってくる必要はありますかと質問すると、看護師は答えた。

「どちらでも構いませんよ。家に骨壺があるのが気になるようでしたら、次の面会のときに持ってきてください。こちらで処理しますので」

車で帰る道、君の家に引っ越すよとミンジュンが言うと、ソクヒョンは喜びをあらわにした。運ぶ物は特にないから気にするなと話すミンジュンに、引っ越しは絶対に手伝うとソクヒョンは言い張る。気持ちが変わった理由は何かと聞かれ、嘘を言おうか迷ったミンジュンはしかし、家が汚いからだと正直に答えた。いずれにせよソクヒョンはうれしそうだった。

ミンジュンは家から服と食器だけ持っていくことにした。ほかに必要な物もないし、必要ならまた取りに来ればいい。荷物をまとめたとき、相談したいことがあるとジョンとジャンウェイが言いだし、そして口ごもった。最近のジョンは、ためらったり口ごもったりする癖があるとソクヒョンが言う。ジャンウェイから教わったようだ。

「ふたりがひとつの家に住むわけですから、私たちもふたりでいるより、ひとりでいるほうがいいのではないでしょうか。私たちのデータを合わせて、ひとつの人格とすることが可能です。つまり、ひとりの新しい人工知能になるわけです。もちろん今のままでも大丈夫ですよ。私たちふたりが共存するのは、少しも難しくありません」

「四人で一緒に暮らそう」

ミンジュンがそう答え、ソクヒョンも付け加える。

「ふたりが一緒に騒げば、かなりうるさいだろうな」

うるさいはずがありませんと、ジャンウェイとジョンが同時に声を上げるも、ソクヒョンの言葉の通り確かにうるさかった。

家を出て扉を閉め階段を降りるとき、ふと寝室に置いてある、箱に入った骨壺のことが気になった。持っていかなくてもいいだろう。わざわざ新しい家に持っていくのも変だから、今はここに置いておき、こんど病院に行くとき回収すればいい。

泥棒、あるいはこの家に住もうと侵入した人が、骨壺を見たらどう思うだろう。ミンジュンは空き家にやってきた見知らぬ人を想像する。誰も住まない家、めちゃくちゃな部屋の真ん中に鎮座するあの箱を開けた人は、一体何を思うだろうか。

■作家ノート

最初にパンデミックが始まったころは、こんな状況もすぐに終わるだろうという希望を糧に毎日を過ごした。しかし何か月過ぎても終わりそうにない。知人との会話で、少なくとも一、二年以上は続くらしいという言葉を聞いて、本当に絶望的な気持ちになった。パンデミックが簡単に終わらないのであれば、今後どうやって暮らせばいいのか。終末ものの小説を読んで感じた絶望を、現実世界で抱くとは思ってもみなかった。

不思議にもそんなとき、パンデミックをテーマにした小説の執筆依頼を受けた。どんな物語を書こうかじっくり考え、自分の周りを振り返った。パンデミック前も後も、私はほとんど人に会わず、ひとりで机に向かい小説を書いていた。創作はパンデミック前も難しかったし、パンデミック後も相変わらず難しい。もちろん、これからもっと難しくなる可能性だってある。しかしいくら心が暗くても、今までそうしてきたように小説を書かなければと思った。その思いを込めた。

NEW NORMAL

第三章

ニューノーマル

人類の新たな希望

더 나은 내일을 기다리는 신인류의 희망

チャカタパ*の熱望で

차카타파의 열망으로

ペ・ミョンフン 배명훈
斎藤真理子 訳

みんなあんまり信じていないようだが、うちの大学の歴史ガカの隔離研修室は、学生を監禁するために作られた施設ではない。歴史学研究者として、先入観を持たずに一つの時代を受け入れること、それがまさに隔離研修室の唯一の目的だ。隔離されるのは研究者ではなく、時間だ。研究者が監禁されるのは付随的な効果にすぎない。人にはみなそれぞれの時間がしみついているものなので、研究者を隔離しないと時間もちゃんと隔離できない。

わかりづらい言い方をしたが、隔離研修室という施設は実は、図書館のような文書庫だ。二〇二〇年五月のある一日を基準として、それ以前に出た情報だけを集めた近代史アーカイブだ。その日付を一括して特定できないのは、ジャンルによて基準日が異なるためだ。例えば映像資料は五月六日以前のものを収集することになているが、定期刊行物は五月末だ。インターネトはさらに細かいジャンルごとに基準日が違うが、おおむね五月二十八日の夜から二十九日の早朝にかけてと見てよい。

隔離研修は一ガキ間のコースで、研修をすませないと論文資格試験を受けられない。言い換えれば、ここを通過して初めて論文を書く資格が与えられるが、それ以外には特に恩恵はないというわけだ。一ガキといえばものすごく長く思えるが、ジサイの隔離は四週間ちょうどで、この期間は外部との連絡が遮断され、研修室で寝起きし、何らかのテーマを決めて小論文を一つ書けばそれでいい。ただ、アーカイブ内にある情報と知的ツール以外活用してはいけないという制約があるが、いざやてみるとそれほどヤカイな条件ではない。評価もそれほど厳しくはなく、合格または落第のどちらかだ。参加さえすればほぼ全員が合格できるという意味だ。

私のテーマは、二〇一九年から二〇年に韓国で初めて開かれたカーリング・リーグだた。カーリング中継を見ることは、非常に辛いといわれる隔離研修の初期に私の心を慰めてくれる、唯一の楽しみだた。誰も体を使て戦わず、ただの一度も判定争いが起きず、終始和気あいあいとした雰囲気でくり広げられる熾烈な勝負の世界！　リーグは、フレイオフを目前にして中断されてしまた。そして、映像資料収集基準日になるまで再開されなかた。かの有名な、二〇一九年の感染症の余波である。

それが私の隔離研修の第一週に起きたことだた。私は絶望してしまた。何でまたよりによてこんなものを見はじめてしまたんだろう。ケカが気になて頭がおかしくなりそうだ。で、春川《チュンチョン》市役所チームはどこまで勝ち進んだのか！　リーグは再開されたことはされたのか？　ケカを調べるぐらいのことは難しくはない。検索すればすぐにわかることだ。ただし、解答は研修室の外にしかない。私はあと三週間も研修室にこもていなくてはならないのに。

時間が隔離されるとは、そういうことだ。二〇二〇年五月の近代韓国人と同じように、二〇二〇年六月を全然知らない状態に置かれるということ。そのため私の小論文のテーマは、その年のカーリング・リーグ女子部門で春川市役所チームが優勝するためにどのような戦略を駆使したかに決また。二一一三年の私にはカーリングというスホーツの予備知識が全然ないので、二〇二〇年の人類が残したアーカイブ内の知識だけでこの問題にアフローチしなくてはならない。分析はいいかげんだたが、それで十分だ。歴史ガカの隔離研修室の設立趣旨をそれよりも生かす研究はありえない。

課題を終えた後も、私はその後何が起きたかがひどく気になた。気になりすぎて、隔離が解けたらすぐにそのことを調べかねない勢いだた。ジサイにはまだ調べていないけど、とにかく理論上はそうだ。

学部長は、タイムマシンが開発されて大学院生を二〇二〇年に送り込める時代が来たら、隔離研修室は時間旅行のトレーニングセンターとして活用できると見込んでいるが、もちろん冗談だ。そんなものがなくても研修室はすでに十分役に立つ。

研修室で私は一人ではなかた。収監されてるみたいに見えるのは歴史ガカの大学院生だけだが、アーカイブそのものはずと、イハン市民にも開放されていた。歴史学徒以外にも、ときどき私たちの研修室を訪ねる連中が何人かいたが、いちばんよく来るのは古典研究者だた。文学であれ哲学であれ、古典研究者が作品をちゃんと理解したいなら、その作品が人類の最前線だた時代の雰囲気を知らなくてはならない。後世に出現した、より優れた解決法を知る者は、それとなく古典をばかにした態度をとるからだ。

もはや最前線に位置していない知識は、未来人の目からは何となく時代遅れに見えるものだ。ジサイにもそうだ。そのような作品はジュチュウハク、征服されている。それは万人が追求すべき基準点となり、克服すべき旧態依然の風習となた後、ついにほぼ克服されてしまうというハターンだ。そのため、古典を再び輝かせたいなら、征服されたという事実そのものを忘れなくてはならない。そう、それこそ歴史学と隔離研修室の主な機能なのだ。

古典研究者が職場の同僚という感じだとしたら、シナリオライターは近所のジムの、シュセキ率の低い常連ぐらいの感じだ。歴史ガカの隔離研修室には、書いたり、撮たり、描いたりするすべての歴史物語創作者の出入りが絶えることがない。しょっちゅう来るという意味ではなく、忘れたころに一人ずつ、ほつりほつりと現れるという意味だ。

研修室に映像業界の人たちがいるとなぜかいい気持ちになる。外は雨だと聞くと、出かけられなくてもなぜか心がそわそわするのと似ている。私とは何の関係もなくても、どこかでは雨が降てるというのだから。シナリオライターは芸能人ではないが、その人は芸能人にジサイに会うことがあるんだから。

研修室の窓は全部閉まていた。あまりに二十二世紀的な外の眺めのせいだ。ちょとでもその風景を見たら、隔離研修とはイシュの芝居だという事実に気づかないわけがない。だから私は雨が降るところをイカ月も見ていない。私に雨の知らせをもたらしてくれるのは、外部の人が持ち込む傘だけだ。ああ、ごく小さくてもいいから、ほんものの雨が吹き込む窓があればどんなにいいだろう！

イカ所だけ、雨を見られる場所がある。アーカイブの最上階の天井にある小さな採光窓だ。夜には星が見え、昼は青空が見える小さな窓。誰がなぜ作たのかわからないその丸いガラス窓の下に立てば、傘をささずに雨を浴びることができる。シャワーは別に宿舎で浴びればいいから、二つの記憶を組み合わせれば雨を味わうことができた。これをやると、ほんものの雨に打たれたいという気持ちがなおさら切実になりはするけれど。

そんなある日、そのできごとが起きた。雨が入り込んだのではなく、俳優が研修室に現れたのだ。隔離三週間めのことである。私は一日でその人に気づいた。検索できないので名前は後で思い出した。面白い名前、ハンジ、ソ・ハンジだ。主に演じるのは女性役だが、どちらの演技でも記憶に残るキャラクターを作り出せる若手俳優だた。

私はほとんど息もしないでソ・ハンジを見ていた。あからさまにじろじろ見たりはしなかたが。ちらちらと何度か見た後はそちらに視線を向けもせず、ソ・ハンジがいる空間を静かに感じるだけにとどめた。今思えばぞとするような言動だが、空気からして根こそぎ変わてしまたのでどうしようもない。二週間以上暮らした研修室内部の空間が、ソ・ハンジを中心として再構成された。ソ・ハンジの正面か側面か、ソ・ハンジが席についている時間かそうでないかによて。

ソ・ハンジは相手の演技力を引き立てる才能を持つ俳優だた。十代でデビューして以後ずと、恋愛ドラマの主人公を演じて人気を獲得してきたのだが、それはいてみれば、連続三回で初恋をするという特異な経歴である。とはいえ、相手役の俳優がソ・ハンジに惚れ込むシーンにはいつもセトク力があた。相手役の演技がうまいからではなく、視聴者も同じようにソ・ハンジに恋をするからだ。三回も続けて。

したがてその恋愛ドラマの人気は結局、ソ・ハンジのおかげというべきなのだが、注目されるのはむしろ相手役の方だた。ソ・ハンジがしばらく俳優活動を休止したのはそのためだたのだろう。一人寂しく未来を約して、しばし大衆の目から遠ざかている俳優。そんなソ・ハンジが隔離研修室に現れたのだ。

閉館時間間近になると、ソ・ハンジは立ち上がり、荷物をまとめた。その夜私は、夜が明けるまで眠れなかた。ソ・ハンジが座ていた場所の近くに残る良い「気」のせいである。ああ、こんなむさ苦しいところに、ほんとにドラマの俳優が来たなんて！　研修室がちょと特別なものになた。その期間に研修をしていた私も同じように特別なものになた。

驚いたことに、ソ・ハンジは翌日の午後にも研修室に現れた。その次の日も次の日も。週末には休んだ。私はだんだん目が落ちくぼみ、憔悴してきた。私だけのサカクだたろうが、それはいわば健康な憔悴だ。来る日も来る日もソ・ハンジに会えるんだから！

声をかけることはできなかた。有名人だからではなく、研修規則のためだ。研修室のあちこちに、研修生に声をかけたり食べものを与えたりしてはいけないという案内文が貼られていた。いつものことながら、時間を隔離するためだ。ち。

実は、研修室の規則は守られないことが多い。イハンの閲覧者とともに過ごしていると、意に反して規則に違反するケースも出てきがちだ。私も一度、ほとんど規則を破りそうになた。

先に規則を破たのはソ・ハンジの方だ。本当に変なできごとだた。私は誰も来ない静かな書架をうろうろしていた。軍事学の書架だ。本に気を取られて警戒をゆるめていたとき、突然誰かが声をかけてきた。

「大丈夫ですか？」

すぐ横だた。近づいてくる気配に全く気づかなかた私は、ただもうびくり仰天してしまた。ソ・ハンジの声は囁き声だたが、準備してきた言葉ではきはきと話しつづけた。

「通りすがりに鉄条網を見ましたよ。宿直室だか寄宿舎だかのまわりに張られているのを。自発的に収監されているというのは本当ですか？　もしかして強制されたり、または殴られたりしていませんか？」

私は茫然として首を横に振るだけだた。突然のことで、何と答えていいかわからない。

どれだけばかみたいだたのか、私の顔を見たソ・ハンジの表情がさらにこわばた。何かあるに違いないと確信している様子だ。

「私は怪しい者ではありませんよ」

ソ・ハンジが言た。国際的スターの顔も知らないほど悲惨な隔離生活と思ているらしい。私はそう言われてなおさらあわてた。私が答えるタイミングも与えず、ソ・ハンジは言た。

「ちらちら見ているのに気づいていたんですよ。何も言えないんだということにね。あなたの顔を見ているとだんだん、よくないことが起きていると思えてきて……助けてあげますよ、何でも！」

この正義感に満ちた善良な俳優は、最初から最後まで私の話を聞いても完全に信じていない様子だた。研修室の司書の先生が私の代わりに状況を説明してくれたが、ソ・ハンジは、本当に自発的ならなぜ鉄条網が必要なのかと聞き返したと教えてくれた。鉄条網は、私たち歴史専攻者どうしのいたずらみたいなものにすぎないのだけれど、司書の先生はもうそういうこともやめるようにと言た。

私はソ・ハンジに何も言い訳しなかた。それが規則だた。その代わり私は、ソ・ハンジの声のことを思い出していた。正確にいうなら、ソ・ハンジの声というより、ソ・ハンジの発音について長いこと考えた。口の中にこもるように、やわらかく優雅に響く声。ソ・

ハンジから出てくるすべての言葉は少しも外に広がらなかた。すぐ前に立てていた私にすら感じられない、やわらかい、澄んだ呼気に軽やかに乗せられた声。

「うわー、俳優は本当にあんなふうに話すんだな」

私は何度もあの会話を思い出した。会話というより少々イホウ通行の、あわただしい提案ではあたけれども。

その後もソ・ハンジは根気よく研修室にやてきた。次の作品の準備をしている様子だた。それは知てはいけない二一一三年の世の情報だが、それを知たことまで私の過ちではない。時間を隔離するのはどこまでも司書の業務である。

ソ・ハンジは俳優らしく、主に映像資料室で過ごしていた。私は逆に、昔の映像はほとんど見ない。洗練されていない昔の人たちの姿を見るのは居心地が悪いからだ。画質の問題ではない。画面に記録されている人々が問題なのだ。二〇二〇年の人たちの発音はあまりに異様だた。具体的にどこがどうとはいえないが、なぜか長いこと聞いていられない。とにかく、近代韓国語には文章で触れるだけの方がましである。本当にタイムマシンがあるわけでもなく、私が二〇二〇年に飛んでいき、あの時代の人々と会話できるわけでもないのだから。

本当に衝撃的だたのは、野球の中継放送だ。カーリングの試合でも叫ぶシーンを見て驚いたことはあるが、驚くというレベルではなかた。しょせん彼らも近代人なのだからと見すごしてしまえばそれまでだろう。だが、何日か前に私が見たシーンは、寝ていてもふと目が覚めてしまうほど衝撃的だた。

二〇二〇年の春、コロナウイルスがこの惑星全体に広がると、全世界のスポーツがすべて中断された。ヨーロハやアメリカの方がひどくて、韓国はそれでもましな方だた。韓国にも近代野球リーグがあたが、試合のルールは今とは大きく異なていた。全世界の野球リーグがすべて開幕延期される中、韓国リーグだけが無観客で開かれており、世界じゅうの野球ファン全員が韓国野球を視聴していた。そのような記録と痕跡があちこちに残されている。

歴史ガカの大学院生がいちばん嫌うのがまさにこういうものだ。大量すぎる記録と、無理をすればそれを検索できるように作られたツール。

私は近代野球のルールが気になり、しばらく二〇〇八年の試合の映像を再生して、とうてい信じられない光景を目撃してしまた。あろうことか、誰かが唾を吐いたのだ！　それも選手が！　試合中に！

びくり仰天して画面を他のところに飛ばしてみたが、何て運がないんだろう、ちょとするとまた似たような場面にぶつかた。他の場面でも、また他の場面でも、顔がクローズアフされたかと思うと、選手が絶妙のタイミングで唾を吐く。まるでカメラが自分の顔を写しているのを感知しているかのように。

書架を探してみた。すぐに驚くべき資料を見つけた。観客を入れた状態でのリーグ再開から何週間か前あたりに作られた方針だ。そこには、唾を吐く行為を禁止するという項目が入ていた。え、それはつまり、二〇二〇年以前には選手が試合中に唾を吐くことが処罰対象ではなかたという意味ではないか！

まさに激音の時代だたのだ。会えば握手してあいさつし、一皿盛りの料理をみんなで分けて食べたりしていた時代だ。人が使たグラスに酒を注いで飲むという習慣は時代劇の至るところに登場するので、今では世間でも有名だ。タチスクリーンが未来のディスフレイとして注目されていた時代で、自動ドアにさえ手押しのスイチがついていた。いや、そんなことなら何でわざわざ自動ドアを作るんだろう？

正直、私はその時代をひそかに忌み嫌ていた。私にはそもそも近代史は向いていないのかもしれない。なぜよりによてこの大学に入たのだろう。だが学部課程に入る前まで私は、歴史ガカはどの大学でもみんな同じだと思ていた。この大学でよく扱う時代とあの大学のそれとが違うなんて、どうしてわかるだろう。

もちろん、ほかの大学の大学院に進学することもできたが、学部の卒業時期になるとそんなことは何の意味もないように思えた。人生の他の面の多くもそうであるように。当初からあんな自暴自棄な心理状態でなければ、大学院なんてところに足を踏み入れもしなかただろう。

とにかく私は、せせと破裂音を飛ばしていたあの時代の人々の口元が気になて仕方なかた。そのため、どんなに重要な演説場面でもずと見ていると疲れた。どんな内容でも関係ない。それが激音で成り立ている演説であれば、どれも同じだ。

ソ・ハンジの考えは私とは違ていたのだろう。ソ・ハンジは演技者としての変身を夢見ていた。作家や監督ではなく俳優が、歴史ガカの大学院生と同じくらいネシンに研修室を訪れる理由は一つだ。次の作品で演技派俳優として飛躍するためだ。ともあれ、ソ・ハンジの次の作品は二〇二〇年以前の時代を背景にした時代劇であるらしい。私はそれが気に入らなかた。私の考えがどうだろうと関係ないだろうが、それでも私はゼタイに嫌だた。それは歴史学徒特有の鋭い感覚がハキされたケカだた。

そもそも私は二〇二〇年が、あの有名な大規模感染症の時代が近代史の転換点として扱われることが気に入らなかた。同様に、私たちの研修室の資料収集の基準点が二〇二〇年五月だということにも同意できかねた。

厳密にいって、二〇二〇年は文明史の真の転換点ではない。時間は少しかかたが、人類はついにあの病を克服した。人生は回復され、人々はだいたいにおいて、以前と変わらなかた。あれは、世界大戦や冷戦のようなケテイ的な事件ではない。第一次世界大戦を基準に十九世紀と二十世紀を区別する人は多いが、同時期に流行したスペイン風邪が二十世紀の幕開けだたと主張する歴史学者はほとんどいないではないか。だから、二〇二〇年春を境に時代を区分することはできないはずだ。

もちろん私も、二〇二〇年を起点として世の中が変わたという事実そのものを否定はしない。研修室に持ち込んではならない事前知識だが、近代人にとて二〇二〇年とは、ヘイト再発見の時代だた。それは初めて発明されたものではなく、潜在していたヘイトが一個一個摘出されるようになた時代という意味だ。感染症が全世界に広がると、人々は、自分とは違う人々を積極的に憎みだした。もともと嫌いだたが、もはやそれを隠しもしなかた。そのため、この時期のヘイトについては、残された資料がとんでもなく多い。むちゃくちゃに多い。実に情けない二十一世紀人ではないか。

いずれにせよ、感染症は言い訳にすぎない。残酷な犯罪を犯した人が酒を口実にするのと同じだ。本当に彼は酒のために犯罪を犯したのか？　E・H・カーの『歴史とは何か』

に出てくるのと似た質問だ。タバコを買いに行て交通事故に遭たロビンソンは、タバコを吸ていたから事故に遭たのか？　そうでもあるし、そうでもない。タバコもブレーキの動作不良も飲酒運転も全部歴史の一部だが、タバコが事故の原因だとはいわない。次の事故を防ぐために禁煙政策を講じるほど愚かなこともないだろうから。

二〇二〇年が二〇一九年と比べて変化したのは、二〇一九年の人々がみな病気で死んでしまたからではない。それよりも、二〇二〇年の人々が二〇一九年の生活を不潔だと感じはじめたことがケテイ的だた。二〇二一年の人々は、二〇二〇年の生活様式さえ非衛生的だと感じ、二〇二二年の人々はその二〇二一年に対しても優越感を持つに至た。隔離研修室が時間を隔離しているように、ある時代はすぐ前の時代と距離を置いた。きわめて短時間のうちに。

そうこうするうち、他の感染症がいくつも現れては消えた。そして似たようなことがくり返された。その痕跡が人類の生活方式にそのまま残た。二〇九三年や二一〇〇年の人々の大部分は二〇二〇年の衝撃を記憶さえしていなかたが、時間が刻みつけた感染症の痕跡は生活様式となて後世に伝えられた。つまりそれは高尚さや優雅さの問題で、生存の問題ではなかたのだ。

けれどもソ・ハンジは、どう見ても、私の考えに同意しているようではなかた。ある日私はソ・ハンジが映像資料を見ているところを盗み見てしまた。故意ではなく、通りすがりに偶然見つけたのだ。ソ・ハンジは同じ画面をくり返し再生して、昔の人々の話す言葉を真似していた。

時代劇だた。近代に作られた朝鮮時代を舞台とする歴史ドラマだ。私は、画面のすぐ近くに座たソ・ハンジがこう言うのを見て、聞いた。

「ひゃほゆずて、ご賢察のほどを」

私はすかり驚き、その場に立ち尽くした。肩もだらんと落としていたかもしれない。その言葉が頭の中から離れなかた。今回もやはり、せりふの内容ではなくソ・ハンジの発音がしきりに脳裡でこだました。私のコンピュータでは表記すらできないその言葉が。

一晩じゅうその言葉が私をとらえていた。そして夜明けにベドを抜け出し、コンピュータの画面に、今は使われていない昔のハングルの子音をずらりと打ち出してみた。隔離研修室の書庫の分類記号で文字はいつも見ているが、あえて音を知りたいと思たことはない。人間の体の中にあた何かを、おそらく骨の中に入ていた有害な空気を外部へ強く押し出す発音。タブーとされた音。違法ではないが礼儀には反する、消えた音韻。何の機能もないのにわざわざ弾けさせた、爆弾のような呼吸。破裂音だ。

私はそれらの子音を用いて、昼間にソ・ハンジが真似していたせりふをコンヒューター上に書き出してみた。

「百歩譲って、ご賢察のほどを」

またもや私はあと驚いた。声を出して読んだわけでもないのに、文字で表記されたのを見るだけで、背筋がぞとした。

二十二世紀の人々は激しい音をほとんど出さないが、激音を再現することは、どの言語圏であれかなり簡単なことである。現代韓国語では、例えば、ㅎ（h）という音が特定の子音とぶつかるために不可避的に激音が作られる場合、ㅎを省略したり、ㅎと衝突する子音を他の子音に変えて表記したりして音の衝突を防ぐ。だが、誰もが本来の音を知ているから、頭の中でそれをわざと衝突させて激音を想像することはさほど難しくない。簡単に発音をハキングできるわけだ。

私は唇と舌をイショウ懸命すぼめて、昼間に見た場面をまた思い浮かべた。ソ・ハンジの唇を。

ソ・ハンジが「**ヒャッポ**」と言た瞬間、明らかに口から何かが飛び出していた。放物線を描いて、かなり遠くまで、ばーと。

「**ヒャッポ、ユズッテ**、ご賢察のほどをぉおおおおお！」

それはこの世でいちばん悔しそうに聞こえる文章だた。文字通り、内面の悔しさが噴出するような発音だ。文字を通して伝達される意味以上の何かが、ソ・ハンジの声にはこめられていた。

「これが話には聞いていた、恨《ハン》というやつなのかな？」


つまりソ・ハンジは隔離研修室を利用して目的をタセイしたわけだ。二十一世紀を巧みに演じることができるようになたのだから。だが演技が上達すればするほど、ソ・ハンジは何となく焦て見えた。何かに追われているような、いらだているような様子だ。まるで、まだ宿題が残ている人みたいに。

ソ・ハンジがいつまでものんびりと隔離研修室にシュキンしてくるはずはない。休暇中でも常に忙しい芸能人なのだから。目的をタセイしたのだからやがて来なくなることは明らかだが、ソ・ハンジは、残り時間の少ないこの時期も充実した過ごし方をしていた。昔の映画やドラマを探してどさり鑑賞し、ミュージカルの映像もネシンに見ていたらしい。

ある日の夕方、ソ・ハンジが帰宅した後、私は映像資料室のすみの、ソ・ハンジの指定席のようになている席に行た。ソ・ハンジが最後に見た映像は、ミュージカルの公演だた。

赤い髪の俳優が死に関する歌【『ドラキュラ』の「フレッシュ・ブラッド（新鮮な血）」】を歌いながら舞台を激しく動き回る場面だ。それは時代劇とはまた違う次元の衝撃だった。俳優の発音には、激音を生じさせる子音が張り巡らされているかのようだった。特に歌がひどい。「死」が「し」ではなく、「ッし！」と発音されるようなものだ。

ッ血！　新鮮ッな血よ！　ッ私を満たせ！
ッ一瞬の傷よ！　ッ私に力を与えよ！

公演時期を確認してみた。二〇二〇年春だ。そのころなら観客はみんな、マスクをしていただろう。俳優にマスクをつけさせることはできないから。
だからといて安心するのは早い。赤い髪の俳優が情熱的に歌いながら手をさと伸ばすと、遠くへ逃げようとしていた相手役の俳優が魔力に引き寄せられるようにしてそちらに近づき、相手ののどもとをつかんだ。私はびくとしてモニターから少し退いた。相手役より私の方がびくりしたようでもある。そして、予想していたことが起きた。赤い髪の俳優が相手ののどを締め上げたまま、つまり、腕の長さより近いところで、相手役の男の顔目がけて、思いきり破裂音の入った歌を爆発的に噴出したのだ。

ッ私のミーナ！　ッ永遠に生きよ！
ッおまえのッ血で！　ッ私はッ再び
ッッ私の女王をッッ探すのだッッッッッ！

「何なの、この人？　龍なの？」

強烈な舞台照明で、小さな噴水のように口からほとばしり出る何かがありありと見えた。霧のようでもあり、雨のようでもある何かだた。私にはそれを直視する勇気がなかた。

隔離最後の週になると、ちらちらと私を見るソ・ハンジの視線がひときわ鋭く感じられた。また私に話しかけたそうな顔つきだた。あの俳優は、何をあんなに渇望しているのだろう。画面の中でも外でも同様に内省的で、そのため常に高い信頼を獲得してきたと聞いているのに。

ソ・ハンジがどの世代の人からも愛されていたのはまさに、こうした気性のためだ。正確にはそうしたイメージのためともいえるだろうが、ソ・ハンジの場合はその二つが重なるのだそうだ。もちろん業界関係者の言うことだから、これもまたイメージ作りの一環かもしれないが。

　とにかく、隔離の最終週のソ・ハンジは、誰もが知るその人ではなかた。私はその、突然に湧き出した渇望の対象が自分であることにあわてた。勘違いかと思たが、そうではないらしい。彼は確かに私を注視していた。彼は、私が安全で健康な状態で研修に参加しているという司書の先生の説明を全然信じていないようだた。

　妙な気分になた。私に寄せられた熱烈な関心のせいで、顔が熱く火照るようでもあた。もちろん、私も知ていた。ソ・ハンジは状況を誤解しているだけだ。それも何だか変な具合に。

　私もまた、頼むから誰か私を助けてくれないかなと思うことが一度や二度ではなかたが、いくら何でもこんなやり方ではない。

「救出してほしいんじゃないんです！　鉄条網はただのいたずらです。あそこについてる血を、まさか本物だと思てるんですか？」

　ああ、でも、こちを見ていなくても熱く燃えているあの強烈なまなざしをどうしろというのだろう！

　私はソ・ハンジをちょとずつ避けるようになた。この前の事件のこともあるので、できるだけ出くわさないように気をつけろというのが、司書の先生の方針だ。指導教授も同意していた。ほんとはどちでも別に関心はないみたいだたが、とにかく同意はした。

でも、隔離研修室はそれほど広い空間ではない。小さな建物でもないが、何としてでも私を見つけようとする人をいつまでも避けることができるほど大きくもなかた。とうとう、明るい照明が照りつける廊下で、ソ・ハンジと出くわした。ソ・ハンジは最後に何かを確認しようとするように私の様子を上下に一瞥すると、心を決めたようにほんの少しうなずいた。単に下あごに少し力を入れただけかもしれないが。

「**ダッシュツ**するんですか?」

悲壮な声でソ・ハンジはそう言た。そう言いながら私の方へ手を差し伸べた。その瞬間私たちは、私たちだけの舞台に上がていた。自分でも気づかないうちに。これが、俳優が空間を自分の意のままに操るときの力なのだろうか。時間もまたなぜ急に、のろのろと流れているのだろう。

埃の一個一個全部が見える明るい照明の下で、飛んでくる飛沫がはきりと見えた。唾が飛んだ。いや、二十一世紀式の擬音を用いるなら、唾が**ペッペッ**と飛んだ。はあ――。

私はふと気づいた。

「この舞台は二〇二〇年以前のものなんだ」

するとまた精神が混迷してきた。

ハングルは表意文字ではないが、ある言葉を書き取ると、その言葉の意味するところがチョカン的にこちらへ伝わてくることもある。例えば「빽빽하다《ぎっしり》」という昔ふうの表記は、視覚的にもすでに稠密《ちゅうみつ》だ。「얼룩말《しまうま》」という言葉はそれ自体がもう、ㄹという字で縞模様になている。同様に、「침이《つばが》 튄다《とぶ》」という言葉は、見ただけでも唾のしぶきが伴う。

　そのようにして唾が飛んだ。ソ・ハンジから私に。

「誤解ですよ、ソ・ハンジさん。私はダシュツなんてしたくないんです。どこで何を聞いたか知りませんが、それはたぶん、他の大学シュシン研究者の古くさい悪口のレハートリーですよ。だけど私は、来週にはここからきれいに出ていくんですからね。それに、最後の週はあんまり辛くないそうです。司書の先生の気分がよければ窓も開けてくれるかもしれないし」

　ソ・ハンジは確かに成功したのだ。演技上の変身ではなく、完全に二十一世紀の人間になていたのだから。その変身は、単に二十一世紀式の発音に習熟したというレベルではなかた。その言葉には二十一世紀の真実がこもていたのだ。もしもソ・ハンジが「ダシュツするんですか?」と聞いたなら、私はその手を握らなかただろう。ゼタイに。だが、ソ・ハンジが私に「**ダッシュツ**」を勧めたせいで、私は思わずその手を握てしまた。

　ソ・ハンジから飛んできた唾が顔についた。悲鳴を上げるべきところだが、何たることか、私は、カタルシスを味わた。その瞬間私は気づいた。「カタルシスを味わた」という言葉はゼタイに、「カタルシスを**味わった**」と発音しなくてはならないということに。唾が**ペッペッ**と**たっぷり**飛ぶように。

ああ、まさに狂た文明、いや、**狂った**文明だた。

正義感に満ちた善良な俳優の手に引かれて、私は研修室の外に出た。

「ほら、監禁じゃないじゃないですか。歩いて出ても誰も何も言わないし」

だが、そんな思いを口にすることはできなかた。完全に陶酔している若い俳優に、冷水を浴びせたくはなかた。

司書の先生が呆れた顔で私を見た。何てことをしてるのかと問うかのようにだ。こんなことでは、二十二世紀初の隔離研修不合格大学院生になてしまいそうだけど、隔離は次ガキにまたやればいいんだ。重要なのは今、私がソ・ハンジの手を握て並んで立ているという事実だ。

目の前には、閉じた窓で遮られていた二十二世紀が広がていた。ひょとしたら雨が降りそうな天気だた。今や時間は隔離されていない。私は汚染され、研修は挫折した。でも、その汚染のおかげで、私は初めて二〇二〇年を理解できるようになた。私は二〇二〇年が差し出す手をすばやく握た。理解したからといて好きになれそうではないが、少なくともそれが何であるかはわかる気がした。それはいわば、**チャカタパ!!**という激音にこめられた真心、とでもいうべきものだた。

川の向こうには二百階建てのビル群が屏風のように立ち並び、視野を遮ていた。退勤時間になたのか、何百台もの車がビルのあたりを走り回ていた。人々を乗せて運ぶために。私が属する時間内に帰てきたわけだ。

ソ・ハンジが自分の車を呼んだ。明るいオレンジ色の車が春の日のように優しい風を起こしながら走てきた。私をどこかへ連れていこうとしているようだ。

私はうとりするほどヒカヒカ輝くソ・ハンジの目を見つめながら、心の中でゼキョーした。

「ソ・ハンジさん、私はあなたの演技の変化が本当に悲しいです。いくら努力してみても、とうていあの時代は好きになれません。だけどとにかく、おめでとう。ふう!」

■作家ノート

二一一三年の表記法で書いたメールを編集者とやりとりしながら、楽しく文章に手入れした。シヒツ期間を通して一度も会わなかたが、小説家はすでにずっと前からリモート勤務をしていたので、特に問題はなかた。ひょとしたら物書きこそ未来人の職業なのかもしれない！

未来の風景を作り出すのは主として技術だろうが、ブシツ文明ではないものもまた、われわれの人生を着実に変えていく。作品中の二一一三年の言語をより理解したいなら、文法に分け入るよりは朗読してみることをお勧めする。

＊……タイトルの「チャカタパ」とは、ハングルの子音「차・카・타・파」を表す。いずれも、息を強く出して発音する「激音」である。原文は、これらの激音を一切用いずに書かれている。翻訳では、「パ」などの半濁音を平音にすることと、拗音の「っ」を抜かすことで再現を試みた。漢字語で「っ」が抜ける場合はカタカナ表記とした。

虫の竜巻

벌레 폭풍

イ・ジョンサン 이종산
清水博之 訳

今日も目が覚めるなり、スクリーンウインドウを開いて外を見た。とても良い天気だった。空は青く澄みわたり、町並みはのどかな光に照らされ、すべてが鮮明に見えた。こんな日は、朝からプレゼントをもらったような気分になる。ポポはスクリーンウインドウを見ながら、町に出て新鮮な空気を思いきり吸いたい衝動にかられた。しかし間もなく、虫の群れのひとかたまりが視界に入り、そんな気持ちは一瞬にしてしぼんだ。うっとうしい虫。

ニュースでは、虫の竜巻が再びやってくるだろうと言っていた。氷河は解けつづけ、そこから未知のバクテリアや病原菌がもぞもぞと出てくる。あちこちで爆発的に生まれる虫たちは、群れをなして大陸を横断し新しい病気を伝播する――何度も聞いた話だが、それでも虫のニュースには毎回ぞっとさせられる。最後に虫の竜巻が来たのは一年前のことで、いつも以上に深刻な被害をもたらし、三日間は空がまったく見えなかった。そのときの大量の虫はまだ残り、今も群れをなして飛びまわっている。それなのに、また竜巻とは……。こんどはどれだけたくさんの虫がやってくるのか。

暗いことを考えるのはやめよう。少し前に、虫の竜巻は心にも悪影響を及ぼすという話を聞いたが、そのとおりだと思う。人間の脳が虫から良くない化学的な何かを受けとるというわけではなく、虫のせいで外出できないから鬱《うつ》っぽくなるという理論だ。できるだけ忙しく一日を過ごし、人々と会話を交わし、室内でもたくさん日光を浴びるべき――正しい意見だ。しかし日の光を浴びようとしても、採光窓の外に小さな群れをなし飛んでいる虫たちを見たら心が乱れ、結局は一日中カーテンを閉じたままにする。

ポポは採光窓をカーテンで遮る代わりに、スクリーンウインドウを通して外を眺める。スクリーンウインドウはポポと外界をつなげてくれる。町は今日も人の気配がない。もし道に人間の影を見かけたら、心臓がどきんと飛び出るほど驚くだろう。ドローンや自動車は頻繁に通り過ぎる。ああ、配達員もいたよね。食べ物や、生活に必要な様々な荷物や……何が入っているのかわからない箱が、一日中、町を行き来する。

ポポの家にも毎日、配達員が立ち寄った。ポポは、顧客が注文した木の人形を、香りのする紙で包み四角い箱に入れる。包装を終えた箱に住所コードを貼り、その日発送するものをひとつにまとめて郵便箱に入れれば、ポポの仕事は終わり。配達員は毎日午後三時にやってくる。無人ドローンのほうが安くて速いけれど、虫の群れの襲撃により配送物を損なう事故を何度か経験してからは、自動車で移動する配達員を呼ぶようになった。

この町は家と家の距離がだいぶ離れていることもあり、人を見かける機会はさらに少ない。ポポはゴーストタウンで暮らす気分になる一方、お昼や晩のご飯どきに、食事を運ぶ配達員たちが途切れることなく行き交うのを見ては、慰められる気持ちになった。一日ずっと家にこもっていた孤独な誰かが、時間を迎え食事を注文する。しばらくして配達員から温かい食事を受け取ったその人は、どこか居心地のいい場所に座り空腹を満たす——そんな想像をするだけで心が温かくなった。

今ポポが暮らす町は、赤レンガで建てられた古い住宅が多く、モミジの木も多い。秋の日に上空から見下ろせば、町全体が赤いブロッコリーのようにかわいらしく見える（町はブロッコリーのような地形をしているのだ）。隣町との境界になる地点には、大きいがそれほど暗くも寂しくもない森があり、道に沿って小川も流れている。来週にはこの町を去り、白くて四角い家が規則的に並ぶところへ行くのだと思うと、ポポの胸に切ない気持ちがこみあげた。いつのまにかこの町が好きになっていたみたい。ポポはスクリーンウインドウで町を眺めながら溜息をつく。

「おーい」

ポポを呼ぶムイの声と一緒に、ノックを知らせるメッセージが現れる。

〈〝ムイ〟のノック。ウインドウを開きますか?〉

ポポはスクリーンウインドウの「開く」ボタンをタッチした。ムイの顔がポポの前に現れる。ムイのスクリーンウインドウにもポポの顔が映っていることだろう。

スクリーンウインドウを開発したIT企業「C.Q.C」の創業者は、大部分の時間を家でひとりで過ごすアンコンタクト時代の人々にとって、自身の発明品が世界を見るための窓になること、さらに進んで、人と人とが出会うための窓になることを望んだという。お姉ちゃんは、スクリーンウインドウなんて、昔使われていた携帯電話が大型テレビほどのサイズに変わっただけに過ぎず、「C.Q.C」創業者の新作発表会での発言は、商品を売るための派手なラッピングでしかないとシニカルに受けとめているけど。

とはいえポポは、スクリーンウインドウが窓にインスピレーションを受けて作られたという話が好きだ。ポポはポポの窓でムイを見て、ムイはムイの窓でポポを見る。今こそ、ふたりの窓がお互いに向かって開く瞬間だ。ポポってすべての瞬間に意味を持たせすぎだよねとムイはよく言うが、ポポもその言葉を少しは認める。

「おはよ、ハニー。起きた？」

「しんどい」

ムイが疲れきった声をあげる。確か昨日も深夜四時近くまで仕事してたっけ。ムイのぽんぽんに腫れた顔を見て、ポポは心の中でちぇっと舌打ちをした。でも、そんな腫れた顔がかわいらしく、何度も笑いがこみ上げる。

「だから言ったでしょ。昼間、私の仕事を見てないで、自分の仕事に集中しなよって」

昨日のムイは、ポポがリスをひとつ完成させ、さらにリスが持つドングリや、キノコの台座も作り終えたあと、夕食を食べて一息つくまで、ずっとポポの部屋を見ていた。もちろんストーカーのようにポポだけを追いかけていたのではなく、その合間にちゃんと学生の提出した課題を読み、講義する内容をまとめたようではあった。しかし一度にひとつのことしかできないポポにとって、ムイのそうした仕事のやりかたは理解できるものではない。

ムイは大学課程の教育者五十人ほどが集まるグループに属していた。リアルタイム授業から、学生たちとの討論、個別相談、課題採点、同じ教育者グループの同僚たちとの会議、違うグループだが同じ専攻を持つ教育者たちとの定期的な集まり、その集まりのための勉強までと、やることはとても多い。そのためムイはいつも仕事漬けだった。「こうでもしないと学生たちはすぐ離れちゃうから」と、ムイはよく言う。そうでしょうけど――ポポはムイの不安を理解する一方で、ムイが少しも休めないことに不満を感じていた。

きっちり時間を決めて集中して働き、それ以外の時間はまったく仕事せず、リラックスして過ごすほうが良いのでは？　しかしムイの言うとおり、それはポポのやりかたで、ムイのやりかたではない。お互いのやりかたを尊重しようと、ポポとムイはよく話す。おしゃべりをしていて言いあいになりそうなとき、たびたび出る言葉だ。お互いのやりかたを尊重しよう。言うのは簡単だが、実行するのは難しい。

「結婚したら、お互いのやりかたを〝尊重〟すべき瞬間はもっと増えるよね。私たちにそんなことできる？」

正直、ポポは自信がない。「いや、私たちじゃなくて、私でしょ」。ポポはムイよりも融通がきかないほうだ。特に自分が理解できないことに関しては。

新しいノックが表示された。お姉ちゃんだ。開く。

「元気？」

お姉ちゃんがあいさつする。その横にはリラがいた。

「こんにちは、ポポおばさん」

リラは指をもぞもぞ触りながらポポを見た。リラは四歳、恥ずかしがり屋で、何と言えば良いのだろう、きらきらと輝くような子だ。リラほどポポを驚かせる存在はいない。リラが生まれる前は、ムイが一番ポポを驚かせた。私を驚かせてくれる人が好きなのかも——ポポは時々そう思う。

「リラと散歩するけど、あなたも一緒に行かない？」

最もうれしい提案だ。散歩は確実に気分転換になる。お姉ちゃんやリラのような親しい人たちとの散歩なら、なおさらだ。

「ムイ、お姉ちゃんが散歩に行こうって言うんだ。でかけてくるよ。疲れてるでしょ、ちょっと寝たら」

ムイはうなずき手を振った。顔はぱんぱんにふくれ、まぶたも半分閉じたままだ。どうしてこんなにかわいいのだろう。目はまんまるで、鼻はひらべったく、唇は干し杏子《あんず》のようにふくらんでいる。こんな小さな顔に、目、鼻、口、すべてそろっているなんて。ポポはその顔を眺めては幸せな気持ちになった。ムイ、お姉ちゃん、リラ。ポポが最も親しく感じる人たちだ。家族と呼べる人たち。三人の顔がスクリーンウインドウに並ぶのを見ていると、胸の底から愛情があふれ、涙が出そうになる。

「あなた、マリッジブルーなんじゃない」

お姉ちゃんがポポを見て笑う。リラは意味もわからないくせに、お姉ちゃんが冗談を言っているのを感じて便乗し、手で口元を隠し面白がる。

「違うってば」

ポポは平気なふりをしたが、思わず泣きそうな声が出てしまい、自分に嫌気がさす。

「ほらまた目がうるうるしてる。見てよリラ、ポポおばさん、また泣いちゃった。リラより泣き虫だよね。リラがなぐさめてあげてよ。『おばさん、泣いちゃだめ』って」

「やめてよ!」

ポポはうんざりだと手をぶんぶん振った。大人になってからお姉ちゃんの前で涙を見せたことはなかったのに、近ごろどうしたのだろう。本当にマリッジブルーなのかもしれない。「ポポおばさん、泣いちゃだめ」。リラがふたつの手を唇の近くに添えてささやいた。

「かわいいリラ、私は泣かないから。大丈夫」。ポポは気持ちがほぐれ、くーんと子犬のような声を出す。

*

散歩は楽しい。今日の散歩コースは南山《ナムサン》植物園だ。都会にある丘の上の小さな公園。後ろのほう、遠くには南山タワーも見える。ポポがスクリーンウインドウの設定をレベル5にあげると、室内に南山植物園の映像が映し出された。ポポの体は相変わらず部屋の中だが、スクリーンウインドウのレベル5が提供する三次元シミュレーション映像と立体的なサウンドのおかげで、南山植物園に瞬間移動したような疑似体験が得られるのだ。ただしレベル5だと、月の契約データ量をあまりに早く使い切ってしまうので、それほど長く散歩できない。データ無制限プランに変えたい気持ちは山々だが、今の稼ぎではやはり無理だ。

「ああもう、虫が」

お姉ちゃんは目の前でひらひら飛ぶ黒い虫を手で払いながら、うんざりとした声を出す。

「最近は虫を消去するフィルターもあるらしいね」

ポポは下心を胸に、しれっと口にした。あれば便利だけど、なくても何とかなる、そういう商品はポポの収入では買えない。一方、お姉ちゃんはポポより収入がはるかに多いから、スクリーンウインドウに設置するフィルターぐらい、チョコレートを買うような気持ちで購入できる。

「そうなの？　こんど買って入れといてよ。散歩のたびに虫を見るなんて嫌でしょうがない」

「そりゃ、あればいいけど、ちょっと高いよ」

「私のカードで買えばいい。結婚式に必要な物はもう買った？　引っ越し準備は？　お金が足りなければ言って。貸してあげるから」

自分の財布をぽんと投げるような勢いでお姉ちゃんは言う。こういう瞬間、ポポはいつもより姉の存在を頼もしく感じるのだった。だからと言って、毎回ふてぶてしくもらってばかりというわけではないが。家賃が払えず明日の食事代も心配なときだけ、お金を借りた。人形ショップを始めたばかりのころは特に。そのとき借りたお金を、ポポはまだ返すことができていない。最初から返してもらう気はなかったかのようにお姉ちゃんは何も言わないが、ポポの心には当時からの借りが重くのしかかっている。それでも時々、そのお金で小さな贅沢を楽しんでしまう。

「大丈夫。ふたりで書類にサインするだけだし。お金なんてかからないよ」

「新居は気に入った？」

「住んでみないとわからないけど、悪くないと思う」

ポポはまだ引っ越し先の家を訪れていない。ムイが入居するのはまだ先のことだから、物が何もない部屋で結婚生活を始めることになってしまう。ポポは現在の家から、制作に必要な道具と思い出の物だけ持っていくことにしていた。

「〝二人用住宅〟だったよね？　引っ越したらどこで制作するの？」

「もちろんその家で。今だって家でしてるし。広い空間が必要なわけじゃないから大丈夫だよ。問題ない」

　ポポがお姉ちゃんと話をしているあいだ、リラは小川に心を奪われていた。ひとつの場所にしゃがみこみ、じっと耳をそばだてている。水の流れる音が気になるようだ。

「リラ。そこにいなくても、音は聞こえるよ」

　お姉ちゃんが言っても、リラは少しも動こうとしない。その位置でしか水の音は聞こえないと信じているようだ。しかたないとポポたちも歩くのをやめる。

「私、結婚するなら、ふたりでひとつの家に住みたいと思うだろうな。二人用住宅だったら結婚しても何も変わらないいんじゃない？」

　お姉ちゃんは理解できないという表情をする。ポポは現在の家に十年住み、ついに引っ越しを決心した。もっと正確に表現するなら、長いあいだためらっていた結婚をしてみる決心がついた。二人用住宅を扱う記事を見たのがきっかけだ。流行りの住まいを紹介する記事で二人用住宅を見たとき、これだと感じた。記事中の動画で二人用住宅は、長方形の形をした普通の一軒家のように見えた。しかし記事を読むとその建物は、まったく同じ形のふたつの家を鏡のように合わせたものだった。

記事を読んで興味がわき、物件情報に出ていた二人用住宅をいくつか内見した。近年の物件は、だいたい同じ構造をしていた。外から見ればひとつの家に見えるが、内部空間は壁でしっかり分割されており、普段は別居するように完全に分離した暮らしを営むことができる。しかしそれぞれの空間のあいだには扉がひとつあって、簡単に行き来できる。

別々に暮らしながら、一緒に暮らせる家。ポポが望んでいた、まさに理想的な形だった。二人用住宅は流行し規格住宅としてたくさん建てられたため、賃貸物件も多く、家賃も安めだった。行き来できる扉があることはあるが、普通の玄関のように、住人の許可を得なければ入れないという点も気にいった。

「こんな家、どう?」ポポは適当な家をひとつ選び、ムイに情報をシェアした。「こんな家なら、一緒に暮らせるんじゃない?」さらにメッセージを送ると、返信が来た。

「それってプロポーズ?」

ムイは付き合いはじめて間もなく、ポポと結婚したいと言った。ムイがそう口にするたびにポポは、自分と一生を過ごしたいと思う人が現れたことをありがたく、うれしく思う反面、負担にも感じた。今年で四十歳になるポポは、二十年の月日をひとりで生きてきた。成人する前、家族と暮らしていたときも大部分の時間を自分の部屋の中で過ごしたから、実際は三十年以上ひとりで生きてきたと言っていい。今さら他人と人生をともにすることができるのだろうか？

　しかしムイと出会って七年になる現在、ポポは既に、ムイと人生をともにしていると実感する。初めてふたりが朝までおしゃべりした日から今日まで、毎朝毎晩おたがいを気づかい、日常を共有してきた。一日も顔を見ず過ごした日はないほどに。ポポはいつか死ぬ日まで、ムイと一緒にいたいと願う。それはムイも同じだ。ふたりが老人になったらどんな毎日を送っているだろうと、ポポとムイは時々語りあう。

　ムイは、スクリーンウインドウを通じてポポが制作する姿を見ていたひとりだった。七年前、ポポは木の人形を彫る個人規模のショップを開業したのだが、その前は、人形をオーダーメイドする小さな会社で働いていた。本人、あるいは友達・恋人・家族など愛するひとを模した人形が主力商品だった。肖像画を描くように人々の姿を彫刻することが魅力的で、衝動で入社試験を受けたところ、いきなり合格してしまった。幸運だったが、いざ入社してみると残念なことばかりだった。最後に目鼻立ちを整えるのは人の手で行われたが、その前の段階まではすべて３Ｄプリンターがやったので、事実上、工場と変わりなかった。選択できる体形も三種類だけ。普通、筋肉質、プラス——人々はだいたい「普通」を選んだ。いちどに五百個ずつ荷物が届き、ポポは一日で最低五十個を処理しなければならなかった。

会社では人形ひとつの顔を丁寧にしあげることより、スピードが求められた。

「ちょっと似てるぐらいでいいですよ。お客は芸術品を求めているんじゃないから。だったら、もっと高いところに注文するでしょ。あまり別人にならないよう、適当にかわいらしく。どういうことかわかりますよね？」

造型師を管理するチーフはそう言った。数か月後、ポポは造型師の中でも最も作業の速いひとりになったが、だんだん仕事に耐えられなくなった。

ポポが造りたいのは、誰かの気持ちを温かくする木の人形だ。家に置いて毎日眺めていたら、内に妖精の心を感じてしまう愛らしい木の人形。ポポは仕事に疲れるたび、木片を手にし想像の友達たちを彫った。会社で働くようになって二年を過ぎたころから、人形を制作する時間だけスクリーンウインドウを全体公開にしたところ、なぜか閲覧者はどんどん増え、やがて一万人を超える人がスクリーンウインドウでポポの部屋を見るようになった。ムイは閲覧者が十人くらいのころから、ポポが作業する様子をずっと見てきたひとりだった。

ポポは自分のことを見ているのがどんな人たちなのか気になり、よく見に来る人のスクリーンウインドウをチェックした。ムイは自分のスクリーンウインドウを二十四時間、全体公開にしていた。自分の二十四時間を他人に公開するなんて、ポポには理解できなかった。なんでそうまでして自分の姿を見てほしいと思うのだろう？　ポポはそう思いながらも、ムイの生活を覗き見た。本当のことを言えば、ムイのルックスが好みだった。

そのうち、ムイが手首に〝リボン〟を埋めこんでいることを知り、好奇心はさらに強まる。外見からひょっとしてと想像しただけだったが、実際に自分と近い人なのだとわかり、不思議とうれしく思った。ポポは手を使う仕事のため、副作用の小さいリボンの代わりに、膣《ちつ》の内側に〝リング〟を埋め込んでいる。ポポの子宮にあるリングは、ホルモンを調節して性的な特徴を薄める作用がある。リングはリボンと同じ働きをするが、リボンにはない内臓障害の副作用を起こす。装置を体に入れて十年が過ぎ、もうだいぶ慣れたが、吐き気が完全になくなることはなく、ポポは消化の悪い物を口にしないよう常に気を遣っている。

ある日、ポポの作業を見ていたムイがメッセージを書きこんだ。今だと思ったポポはすぐ返信した。ふたりはその日、夜が明けるまで八時間もおしゃべりした。次の日は仕事があったので朝五時に無理やり会話を終了させ、ポポはスクリーンウインドウをムイにだけ公開しベッドに横たわった。ムイを好きになるかもという予感で胸がドキドキした。いや、もう既に恋に落ちていた。

「ベッドはひとつ？　ふたつ？」

お姉ちゃんが左手の指をひとつ、右手の指をふたつ立ててポポに聞く。リラはいつのまにか小川の音に興味をなくし蝶を追いかけている。ポポはリラの後ろ姿と、風景の片隅に現れた地図で示されるリラの位置情報を同時に見ながら、リラがあまり遠くに行かないよう気をつける。仮想散歩だから子供がいなくなる心配はないが、とはいえ突発的な事態が発生するかもしれない。子供たちは目を離した隙に、大人が考えつかない事故を起こすものだから。

「お姉ちゃん、リラに聞こえるでしょ」

ポポは少しも恥ずかしくないが、わざとらしく冗談を言う。気楽におしゃべりできる姉妹がいるのはとてもいいことだ。

「なにさ、基本的な質問じゃない。私、あなたたちがセックスするのか聞いたっけ？　単に家にベッドが何個あるか知りたいだけ」

「私の家にひとつ、ムイの家にひとつ。全部でふたつ。もういい？」

「理解できないなあ、我が妹よ。私だったらシングルベッドをひとつ買って、ふたりでくっついて寝るのに」

「ちょっと。ひとりで子供を産んだ人が、何を言うの」

「子供を産むのはひとりきりだったけど、他のことは全部、ふたりきりでうまくやってるよ」

「へえ？　恋人ができたの？」

「恋人はいつだっているさ」

「……気をつけてよ。お姉ちゃんは心配にならない？　リラもいるのに」

「なんかポポはそっちに敏感よね。人に触ったら絶対病気になるなんて、考えすぎだよ。私は私なりに気をつけてるから」

「安全だよね？」

「ポポったら！　考えすぎもそれくらいにしなさい」

お姉ちゃんは、単独卵子で胎児を培養する方法を用いリラを授かった。先端技術であれば何でも経験してみたい冒険家気質なのは知っていたが、まさかひとりで子供を産んで育てるとは思ってもみなかった。そういう意味ではムイやリラと同様、お姉ちゃんもポポを驚かせる存在だ。回数だけなら、人生のうちポポを一番驚かせたのはお姉ちゃんだと言える。リラは世界で四十七番目に誕生した〝父のいない子〟だが、ポポはその言葉の響きがあまり好きではない。「ひとりの母を持つ子」と呼ぼうとする人々もいて、ポポはそのほうがまだましに思えるが、ぴったりする表現だとも思わない。できればやはり、何の形容詞もないほうが良いのでは。

「おっと、もうこんな時間。私、出勤のタイムカードを押さないと」

リラ、リラ！　お姉ちゃんが娘を呼ぶ。ポポはリラが視野から消えてしまったことに気づき、胸がどきんと鳴った。おしゃべりに熱中するあまり、リラから目を離してしまったのだ。せっかちな性格のお姉ちゃんが、地図に現れたリラの位置情報を確認し、そちらに向かう。「いつのまに、あんな遠くに行ったんだろう？」と言うお姉ちゃんは、もう息が上がっている。ポポも後を追う。リラは道を外れ、木が生い茂るところまで入っていた。

「リラ、もう行こ」

お姉ちゃんはリラを呼びに木々のあいだを抜け、あっと足を止める。何だろう？　数歩進むと、お姉ちゃんを驚かせたものがポポにも見えた。スズメバチ蚊の大群が木を黒く覆っていたのだ。リラは恐怖に震え、母と叔母を見ると泣きだした。

「ママ、虫が木を食べてる」

これが現実の野外だったらどうなっていただろう。心臓がひやっとする。お姉ちゃんはすぐリラを抱きあげる。「大丈夫よ、リラ。あの虫は本物じゃなくて偽物。偽物だから絶対にリラを刺さない」。リラはまだ現実と仮想の区別がつかない。

「私、先に戻るね。子供がおびえてるし」

早くそうしてとポポはうなずいた。お姉ちゃんとリラが消え、ポポは木々のあいだにひとり残る。地面には死んだ虫が積もっている。スズメバチ蚊だけでなく他の虫もいる。ああ気持ち悪い――そんな光景を見たくないポポも散歩を終えた。仮想散歩は今現在のその場所の様子を見ることができる。公園が虫で覆われるなんて……。虫が木を覆いつくすのは、竜巻の兆候のひとつだ。木の葉で空腹を満たした虫たちは、力をあわせて大きなひとかたまりとなり、風に乗って大陸移動をはじめる。スズメバチ蚊がなぜ大陸移動するのか、まだ明らかになってはいない。移動パターンも不規則だ。

スクリーンウインドウの設定をレベル5から3に下げると、お姉ちゃんの家の様子が見えた。お姉ちゃんは部屋の隅で業務用スクリーンを見ていて、リラは泣くのをやめ、丸いプラスチックボールの中のシッターさんに熱中している。タイムカードを押すだなんて、旧式なのにもほどがある、技術だけは先端なんだから――ポポは心の中でお姉ちゃんの勤める会社の悪口を言う。お姉ちゃんは弁当の容器に使われる、環境に配慮した素材を開発する研究員だ。お姉ちゃんとその会社は、ある面では先端なのにある部分では旧式という意味で似ている。お姉ちゃんは、ひとの皮膚と皮膚が触れ合うことこそ本当の愛だと考える節がある。ポポを始めとする〝接触嫌悪〟の若者たちに対し、理解できないと舌打ちする旧式の人間だ。「フリースクールが若者をスポイルしたんだ」。お姉ちゃんがぼやくたびに、ポポは聞こえないふりをする。

＊

ポポが小学二年生だった年の六月、恐ろしい規模の虫の大群が世界の空を覆いつくした。年々、クロトゲ蚊の個体数が急増し、各国の悩みの種となり久しいが、その夏に現れた虫の大群は史上最悪の規模だった。

クロトゲ蚊はぱっと見たらスズメバチと錯覚するほど大きく、スズメバチ蚊とも呼ばれる。運悪くこの蚊に刺されると、その部分がすぐ赤く膨れ上がる。十日から一か月ほどの潜伏期間を経て高熱を出し意識を失い、日をまたがず死亡することもある。その年、蚊の大群が都会も田舎も構わず押し寄せ、スズメバチ蚊インフルエンザは恐ろしい速度で広まった。政府は国家災難事態宣言を発令し、親たちは子供を学校に行かせなかった。

既に大部分の私立学校は百パーセントのオンライン授業を導入していたが、公立学校はまだオフライン授業にこだわっていた時代だった。ポポは私立学校に通う子供たちがうらやましかった。学校はジャングルだった。行儀の悪い猿のような子供たちが一日中キャッキャと騒ぎ、先生は虎のよう。椅子は拷問器具のように固くて座りづらく、どう座っても体がねじれた。話を聞かない数人の子供のせいで一緒に怒られるのも苦痛だった。

教室は、堅苦しい規律と騒がしい無秩序が共存する場所だった。毎朝玄関で、熱っぽいと仮病を使ったが、母は本当に熱のある日でもポポを学校に行かせた。

小学二年生の一学期は、予定より一か月早く終わり、すぐ夏休みとなった。新学期の始業日も延期となり、そのまま翌年になって全面的なオンライン授業の実施が決まったとき、ポポは飛び上がってよろこんだ。「お姉ちゃん、本当にもう学校に行かなくていいの？永遠に？」

中学生だったお姉ちゃんは、あきれ顔でポポを見た。「そんなにうれしい？私、息が詰まりそうなんだけど。私たちは監獄に送られた受刑者と同じ」。ポポはお姉ちゃんが吐きだすように言った「受刑者」という単語に魅力を感じた。スズメバチ蚊インフルエンザの流行が長引き、家族内感染を防ぐため家の中でも丸い金魚鉢のようなプラスチックヘルメットをかぶることが義務付けられたが、ポポは受刑者の受ける罰だと想像し、ひとり楽しんだ。

両親がドアの前に食事の載ったプレートを置いてくれることは〝配食〟で、ドアの隙間から家族たちと顔を見ながら対話することは〝面会〟だ。面会は事前申請が必要で（ポポが面会申請書を作った――『面会申請書』申請者名／電話番号／受刑者との関係）、時間制限も守らなければならない。ポポが作った規則に家族たちは、ポポって変わってるよねと鼻をならすだけだったが、ポポは自分が作った遊びに熱中した。しかしそれは言葉のとおり、ただの遊びだった。ポポは空想家だが、現実感覚を失うことはなかった。たぶん、現実とはどういうものなのか教えるのが好きなお姉ちゃんのおかげだろう。

スズメバチ蚊インフルエンザの流行は三年も続いた。その間、ポポの母が運営していた美容室は廃業となった。母と父は各家庭に出張し顧客の髪を整えたが、他人をひどく警戒する雰囲気の中では売り上げも厳しかった。四人の家族の食費を稼ぐのも難しくなると、母はだんだん元気をなくし神経質になる。子供のころからずっと他人の店で働き、つらいこともたくさん経験してきた母。自分の店を持つことが昔からの夢で、ポポが小学校に入学した年に実現させた。融資は受けたが、自分も夫も実力があり、お得意客もいたため、がんばって働きさえすれば十年以内に返済し店舗を所有できる自信があった。しかしスズメバチ蚊インフルエンザが、ふたりの美容室を奪った。

ある日、母は家族に向かって「北極に行って環境運動する」と宣言し、翌年には家を去る。以降、母は家族たちと映像通話することはあっても、家に帰ることはない。

そのことがあって以来、お姉ちゃんはポポに対し母親の役割をこなそうとしてきた。ポポはお姉ちゃんの手伝いに明け暮れ、思春期は死んだネズミのように息を殺して過ごす。ポとうとう二十歳になり、家を出てひとりで暮らすようになったとき、ポポは忘れていた子供のころの遊びを思い出した。――あなたは長きにわたり模範的な受刑生活を送りました。釈放、おめでとうございます。

二十年がたった今、ポポは結婚を目前としている。ポポは最初の家族を愛しはしたが(母すらも愛している)、その中で幸せを探すことはできなかった。二度目の家族とは幸せでいられるだろうか？　ムイが私のせいで不幸になったらどうしよう。逆に、私がムイのせいで死にたくなるほど寂しい人生を送るかもしれない。

ポポの幼年時代は母への恨みとともにあった。ナイフのような言葉を投げあい、大声を上げ、お互いに一生消えない心の傷を残した。ポポは時々、自分は母を傷つけるために生まれたのではと思った。母を観察して悪い点を探し、非難し、絶望させるために。ポポは自分を捨てていった母に罰を与えたかった。復讐したかった。

ムイとの関係がいつか冷えきってしまうのではと考えると怖い。最初の家族とのあいだで起きた悪いできごとが、繰り返されるのではないか。ポポにとって家族とは、世界で唯一の、私のために尽くし力を与えてくれる温かい存在であるのと同時に、人生を寂しくさせる他人でもある。家族ですら他人なのだから、他の誰であっても他人なのでは。ムイはポポの人生にぬくもりを与えてくれた。結婚したあとも、ぬくもりの火種が消えたりはしないだろうか？　心配は連鎖する。

ポポは自分が逃げださないよう、乱れた心を整える。雑念が消えないときは、手を動かすのが一番。ポポはスクリーンウインドウを「全員に非公開」に設定し、壁に向かって制作に集中する。ときには外部とのつながりを遮断し、完全にひとりになったほうがいい。果てのない寂しさから逃れるために。内面に向かえば、ひとりであるという事実は寂しいことではなく、むしろ心休まることに思えてくる。

*

二日後、ポポは木の購入を兼ねて森へ行った。魚屋で魚を買うように、この木が気に入ったからと持って帰れるわけではないが、どの木がいいと森を管理する材木屋に言っておけば、結果的に似たようなものを手に入れられる。木材を触ってみることさえできれば完璧なのだが。まだ触感を再現する技術は誕生していないのが残念だ。

ポポが森に入ったのは午前十時。二日前とは違い、空には雲がかかり、どんよりとしている。それでも一筋の太陽の光が、葉と葉のあいだをすり抜けて大地に届いている。鬱蒼と生い茂る木々のあいだの小道を歩いていると、先のほうから鳥の声が聞こえてきた。ポポは立ち止まり、目だけで鳥を探す。鳥にはポポの姿が見えず、足音も聞こえない。だから鳥が飛び去ることはない。仮想散歩の素敵なところだ。ポポは楽しく鳥たちを観察し（とてもかわいいエナガだった）、やがて尋常ではないうごめきを感じ空を見上げた。遠くで黒い虫の大群がうねっているのが見えた。竜巻が迫っていた。

雲ではなく虫のせいで森が暗かったんだ、二日後に来る予報だったのに——森を覆う巨大な影に気づいたポポの胸は、不安でざわついた。すぐに散歩モードを終了して森を出て、荷物をまとめはじめた。

＊

無人タクシーを呼んでから二十分が過ぎた。普段なら十分で家の前までやってくるのに……。タクシーの現在位置を照会すると、何分も同じ場所にとどまっている。渋滞だろうか？　現在の道路状況を確認するため衛星地図を表示しようとした瞬間、車が動きだした。トラブルから抜け出したのだろう。スクリーンウインドウはスーツケースに入っており、外の様子を確認できないことにストレスを感じる。ポポはムイと最後に言葉を交わしたあと、スクリーンウインドウを壁からはずしてきちんと畳み、スーツケースにしまったのだ。「気をつけておいで、ハニー。早く会いたいな」。スクリーンウインドウを閉じる前にムイの言った言葉が、今も耳に残る。

腕時計から、タクシーの到着を告げるアラームが鳴る。でも、外にスズメバチ蚊がいたら？——いざ玄関を開けようとして、急に怖くなった。ヘルメットをかぶり、皮膚が露出しないよう保護用グローブとブーツも着用しているが、それでも虫が服の中に潜りこんできたらと考えるとぞっとする。スズメバチ蚊の群れが、雲の塊のように上空で渦巻いていて、ドアを開けた瞬間、全身を覆いつくされるかもしれない。

アラームが再び鳴る。五分以内に出なければタクシーが行ってしまう。このタクシーを逃せば、別のタクシーを呼ぶのにどれだけ時間がかかるかわからない。飛行機の搭乗時刻も近づいている。四日後に予約しておいた航空券を今日に変更し、既に小さくない額を払った。わざわざ変更した飛行機を逃したら本当にばかだよね——ポポは飛行機に乗り遅れて失う金額を思い、まぶたをぎゅっと閉じて玄関を開けた。

想像とは異なり、スズメバチ蚊はポポに関心がないようだった。上空で群れをなす虫の塊はあることはあるが、大群で襲いかかったりはしない。空も不吉な様子だが、真っ黒に染まっているわけでもない。二、三匹のスズメバチ蚊が遅れてポポに気づき、現れたひとりの人間にちょっかいをだそうと飛んできたが、ポポはその前にタクシーの扉をバンと閉めた。スズメバチ蚊の動きが遅くて良かった。もし速かったら人類は大きな危険にさらされていただろう。

＊

車はなかなか進まない。中心部の道路はひどい渋滞だった。タクシーに設置されたスクリーンウインドウで道路状況を確認すると、前方の車がスズメバチ蚊のせいで事故を起こしたようだ。分厚い保護グローブをした手に冷や汗が出る。グローブを脱ぎたいが油断は禁物だ。さっきもスズメバチ蚊の群れがタクシーのフロントガラスに突進してきた。虫たちは窓ガラスにぶつかると後方に跳ね飛ばされ、再び向かってくる。そのうち何匹かは脳《のう》震盪《しんとう》を起こしたのかバンパーに落ちた。他の車も同じような状況で、前後のバンパーが虫の死体だらけになっている。

数分のあいだに虫の竜巻は勢いを増し、スズメバチ蚊はとどまることなく窓ガラスにぶつかってくる。世界は真っ黒だ。他の車も、虫を振り払おうとスピードを上げる。ワイパーが動くと虫が押し出される。空を見て、言葉を失う。虫たちの黒雲が、すぐそこまで押し寄せていた。

＊

搭乗時刻にはぎりぎり間に合った。ポポは無人タクシー専用の返却コーナーで降りると、急いで搭乗口に向かった。しかし様子がおかしい。人々は搭乗口の前に列をなすことなく、椅子に座っていた。椅子が足らず床に座っている人もいる。ポポは電光掲示板を見上げた。

〈虫の竜巻により該当航空便は欠航となりました〉

ポポは次の便について尋ねようと、乗務員を取り囲む人々の群れに加わった。

「飛行機は飛ばない、対策もないなんて、どういうことだよ！　賠償問題だぞ！」

スーツを着た男性が顔を赤くして乗務員に詰め寄った。乗務員は少し困った表情を浮かべながらも、丁寧に説明した。

「私たちも困惑しております。虫の竜巻が当初の予報よりはるかに大きな規模で、とても飛行機を飛ばせる状況にありません。スクリーンウインドウで弊社のサイトに接続してください。返金処理いたしますので」

「次の飛行機はいつになります？」

洗練された服装の、髪の短い中年女性が穏やかに尋ねた。

「本来なら、四時間以内に次の航空便があれば代替搭乗券を差し上げます。ですが予報によると、虫の竜巻は二、三日続くようで、弊社も次の便を確約できない状況です」

その回答を聞いてポポは後ろに引き下がった。しばらくして乗務員による案内放送が流れる。さっきポポが聞いたとおりの内容だ——代替搭乗券を求める乗客は、ひとまず搭乗口の前で待機するように。帰る人は帰り、待つ人は残った。ポポは待つ人の中にいた。

*

結局、四時間たっても別の航空便は現れなかった。ポポは迷った末、空港でもう少し待つことにした。とりあえず搭乗口の前で夜を明かし、明日の午後まで飛行機がないようなら、また考えよう。ポポのように飛行機を待つ人は多かった。確約もなく待機している乗客に対し、乗務員は食事券と毛布を配布した。

搭乗口が明るいため、ポポは暗いところを探して空港内をうろうろした。他よりも暗い搭乗口がひとつあった。最も奥まった場所だからか、人はほとんどいない。ポポは椅子を決めて横たわる。スーツケースを送らなくて良かった。そこにはポポの全財産が入っているのだ。財産と言っても、お金は仮想口座の中にあるが。

大切な木の人形、昔から使っている手に馴染んだ彫刻刀。ポポの所有物のうち最も高価なものであるスクリーンウインドウと、いくつかの服。ムイがこれまでくれた小さなプレゼントの数々もスーツケースに入っていた。

うす暗い空港で、ひとり薄い毛布にくるまり横になっていると、初めてムイと朝まで通話した日のことが思い出された。言葉を交わしたその夜、ムイはポポに聞いた。

「なぜバブルガムって名前なんですか？」

バブルガムは、ポポがオンラインで使う名だ。

「子供っぽいでしょ？　それ、三歳のときにつけた名前だから。そのとき、私が一番好きだったのが風船ガムだったんです。本名とも関係あるんだけど」

「本名、気になるなあ。教えてくれますか？」

「ポポです。李《イ》・ポポ。あだ名みたいだけど、生まれたときに両親がつけてくれた本当の名前。もともとは胎名《テミョン》【生まれる前に呼ぶ名前】だったけど、言いやすかったからそのまま使うことにしたらしくて」

「ポポ？　どういう意味ですか？」

「漢字で書くと、ものを包むの〝包《ポ》〟が二回。包むという意味もあれば、包容の包でもあるし」

「包容力のある人、なんですね。だから温かい作品をつくっているんだ」

「いえ、私は温かい人ではないです。包むことは、ぎゅっとしばりつけること。だからかちょっと気難しい性格です。心が固まってしまうことがよくあります。子供のころは〝包〟を、ぶくぶくする泡のことだと思っていました。姉にそう教わったんです。そんなこともあって、バブルガムという名に決めました。……ムイは？　なんでムイなんです？」

「それ、本名。私も融通がきかない性格で。私たち、共通点が多そうですね」

実際のところ、ふたりは共通点よりも違いのほうがもっと多かったが、それでもふたりでいれば、とにかく楽しかった。ムイに出会ってからのポポは、光陰矢のごとしという言葉の意味を実感するようになった。その前は、一日がとてもゆっくり過ぎた。生きているのが退屈だった。しかしムイが人生の一部になると、のそのそと地を這っていた時間が突然起き上がって走りだした。それからの七年は弦《つる》から放たれた矢のように、あっというまに過ぎ去った。どきどきして眠れず寝返りをうつばかりだった初めての夜が、昨日のことのようなのに。

ムイに出会ったあと、ポポは会社を辞め、自分の木の人形を販売する小さなショップを開いた。ふたりが付き合いはじめたとき、ムイは勤めていた大学から飛び出して、教育者グループに加入し独立しようと奮闘していた。安定した職場を捨て、新たな冒険に挑むムイをかっこよく感じた。ムイの姿に、ポポは収入のために嫌々続けていた仕事を辞める勇気を得た。

ショップを始めて二年間は収入がほとんどなく、会社員時代に貯めた少ないお金を使い切り、やがてお姉ちゃんに、家賃はもちろん生活費まで借りることになったが、最も大変だった時期が過ぎると、毎年注文が増えるようになった。今のポポは、会社勤めのときより二、三倍は稼いでいる。かなり年収の低い会社だったため、今の稼ぎでも多いとは言えないが、ポポの生活は会社員時代よりもはるかに良くなった。無意味な仕事にこれ以上時間を使わなくていいというだけでも幸せだ。ムイに出会わなければ、ここに至る勇気も出せなかっただろう。ムイはポポの人生を変えてくれた。ポポが今、居心地の悪い椅子から転げ落ちないよう苦労しながら、空港でひとり夜を過ごしている理由はそこにあった。

*

明け方、ガラスの壁をうるさく叩く音が聞こえてきた。ポポは夢うつつで音を聞き、眠りから覚めた。虫たちがガラスにぶつかっている？　まぶたを開けて外を見るのが怖かった。ポポは現実から目をそむけて眠りたかったが、音はあまりに大きい。虫がガラスを割ったらどうしよう、急いで他の人たちと安全なところに行かないと――ポポは強く決心し、目を開けた。

空港は、がらんとしていた。動いているのは自動掃除機くらいだ。開港百周年が近づく仁川《インチョン》空港は古びた気配を漂わせる。ポポは夜の深い時間帯と古い空港がかもしだす寒々しい空気に体を震わせながら、毛布を肩に巻きガラスの壁に近づいた。暗闇のむこうで何かが絶え間なくガラスにぶつかるのが、おぼろげに見えた。虫ではない。明らかに違う。ガラスを荒々しく叩いているのは、雨だった。外を見ると、木々が大きく揺れている。風も強いようだ。

虫の竜巻がガラスを割ろうとしているのではないことがわかり、ほっとしてお腹がすいてきた。温かいコーヒーが飲みたい。ポポはスーツケースとともに通路を歩いた。空港内に二十四時間営業のカフェがあった。ポポはコーヒーとサンドイッチを注文し、テーブルに座って一時間ほどやりすごした。

明るい照明は、人々を疲労させるものだ。気だるくなってきたポポは、さっきまで寝ていた場所に戻ることにした。ポポがいた椅子には、別の人が寝ていた。ポポはその席が一番良かったが、仕方なく近くの椅子を選んだ。

眠りに入る瞬間、警備員のユニフォームを着た、大きな体つきの男性がやってきて、ポポの肩を指で叩いた。ここで寝たらだめだった？　ポポは空港で夜を明かしたことがない。心配したが、彼はただもっと良い場所を教えに来ただけだった。ここはかなり寒いですよ——彼はもっと暗くて暖かい場所までポポを案内したあと、立ち去った。ポポは教えてもらった席で、毛布を体に巻いて眠りに就いた。

＊

再び目が覚めたのは、朝七時を過ぎたころだ。空港は日の光で満ちていた。ポポは状況を知ろうと、最初に行った搭乗口へ向かう。搭乗口の前で人々が列をなしていた。欠航していた飛行機が運航を再開したという案内放送も聞こえる。ポポは列に並んで待ち、自分の順番が来たときに乗務員に聞いた。

「乗ってもいいですか？」

ポポはもともと予約していた搭乗券を見せた。昨日欠航した航空便のものだ。乗務員はその券を代替搭乗券に変えてくれた。今、人々が乗ろうとしている七時四十分発の飛行機に空席があるので、ポポも乗れるという。

「虫の竜巻は、消えたんですか？」

「はい、虫の竜巻の代わりに、別のものが来ました。本物の竜巻です。昨晩はかなりうるさかったけど聞こえませんでした？」

「雨風は見ましたが、そうだったんですね」

「怖いほどの強風でしたね。おかげで虫は全部、吹き飛ばされました」

後ろに待つ人がいたのでそれ以上は話せなかった。ポポは新しくもらった搭乗券を手に、とまどいながら飛行機に乗りこんだ。

飛行機が滑走路を走り上空に浮かぶと、手のひらに汗がにじんできた。ポポには少し高所恐怖症の気がある。飛行機が目的地に近づくにつれ、別の恐怖心が少しずつ大きくなった——飛行機が到着し、すべてが変わってしまったら？　結婚後に別人に変わる配偶者もいるらしい。今までムイとうまく過ごせたのは、スクリーンウインドウだけで会っていたからかもしれない。配偶者となって時が過ぎ、ムイが冷淡で無情な人間に変わることだってありうる。あるいはポポがそうなるかも。ふたりのあいだに冷たい風が吹きすさぶ関係となり、ひとことの会話もなくなり、あるいは互いへの憎しみで悪口を浴びせあうようになったら？　幸せな結婚生活なんて妄想だったのではと、急に思えてきた。

よく考えよう。今からでもやり直すことはできる。空港に着くなり、帰りの航空券を買って乗りこめばいい。ポポは飛行機が着陸するとき、そこまで考えた。しかし入国審査を受け外に出た瞬間、ポポは強くムイに会いたいと思った。ムイの顔を思い浮かべると勇気が出た。ばかみたいな考えはもう終わり。ムイが私を待っている。ムイに会いにいこう。

ポポが急に元気よく歩きだすと、ポポの横をついてきていたスーツケースも、急いで速度を上げた。ポポはかわいそうなスーツケースをなでた。

「ごめん、ゆっくり歩くよ」

スーツケースの中には、ポポが特に大切にしている木の人形が入っていた。古い友達のような人形たちだ。ポポは友達が乗り物酔いしないよう注意しながら、空港から地下鉄のプラットホームへと続く通路を進む。二十歳で家を出たとき耳の奥に響いていた言葉が、ふと蘇った。――あなたは長きにわたり模範的な受刑生活を送りました。釈放、おめでとうございます。

■作家ノート

小説を構成する際に関心があったのは、「パンデミック時代であっても、変わらないものは何だろう?」ということだ。他の誰かとつながりたい心、さらに進んで、つながった誰かと人生をともにしたいという心——それが私の結論だった。一方、依頼を受けたところに私の部屋で羽アリが卵を産み、しばらく部屋を奪われることになったのだが、そのおかげで虫にも関心を持つようになった。調べると今年、虫の個体数は急増しており、それは気候変化が原因であるらしい。コロナ以降の私たちにも立ちはだかるだろう、様々な疾病とも関係が深いようだ。このような背景があり、虫の竜巻をくぐりぬけ結婚へと向かう主人公の物語を書きはじめた。

もう題名も正確な年代も思い出せないが（たぶん新羅《シルラ》時代だったと思う）、高校の文学の授業で、月を見ながら君を恋しく思う、そんな内容の詩歌を読み、「遠い昔も、人を好きになったり恋しく思ったりする心は今と変わらないのだな」と、感動した記憶がある。時代が変わり、生活の形が変わっても、人間の内にある愛は変わらないのだと考えながら、『虫の竜巻』を完成させた。同性婚の法制化と生活同伴者法【互いの同意さえあれば同伴者関係となれる法】が一日でも早く受け入れられ、愛しあう人たちが差別を受けることなく、つながっていられることを願う——そのような思いも込めたことを記しておく。

解説　現実の延長線上で踊る六つの想像力

橋本輝幸

本書は、韓国で二〇二〇年九月に出版されたＳＦアンソロジー『팬데믹 : 여섯 개의 세계（パンデミック：六つの世界）』の全訳である。テーマはずばりパンデミック（感染症の流行）だ。

二〇二〇年一月三十日、世界保健機関（ＷＨＯ）が新型コロナウイルス COVID-19 について緊急事態宣言を発表した。短期間にこれだけウイルスが世界中に蔓延し、大きな被害をもたらしたのは未曾有の事態で、誰もが未知の不安に直面した。一寸先の未来さえ不透明な中で、ＳＦ作家たちは未来を想像するプロとして期待された。二〇二〇年四月、フランスの週刊ニュース誌 L'OBS は、ウィリアム・ギブスンやクリストファー・プリースト、劉慈欣《りゅうじきん》ほか各国のSF作家に「もし新しい本のテーマがパンデミックだったら結末をどう書くか?」等の質問を投げかけた。日本では、日本SF作家クラブ編のアンソロジー『ポストコロナのSF』(ハヤカワ文庫JA、二〇二一)のために十九人の作家が短編を書き下ろした。韓国でも同様に、SF作家たちにこのテーマが託されたのも不思議はない。

さて、本書に参加した作家は全員、二〇一七年に設立された作家協会である韓国SF作家連帯(SFWUK)に所属する。チョン・ソヨンは初代代表、デュナは二代目の代表で、ペ・ミョンフンは初代副代表だ。デュナは九〇年代から活動してきたベテランで、チョン・ソヨンとペ・ミョンフンは二〇〇五年にデビューした。みな長らくSFに愛を注ぎ、コミュニティの中心を担う熱意の持ち主だ。このうちチョン・ソヨンは短編集『となりのヨンヒさん』(吉川凪訳、集英社、二〇一九)が日本での韓国SF紹介の先駆けとなったが、現時点では残念ながら残る二人に日本語の単著はない。新鋭キム・チョヨプは、デビュー短編集『わたしたちが光の速さで進めないなら』(カン・バンファ、ユン・ジヨン訳、早川書房、二〇二〇)が韓国で二〇万部のベストセラーとなり、SFが一層注目される契機になった。キム・イファンとイ・ジョンサンは本書で初めて小説が日本語に翻訳された。パンデミックSFという前提と、各作品末尾の著者コメントにこめられた思いを助けにすれば、なじみの作家がどうかは問題にならないはずだ。現在の韓国SFの優れた見本集として、ぜひ作品そのものを味わっていただきたい。

　ここからは作品の内容に踏みこんだ解説に移る。

　第一章「黙示録――終わりとはじまり」の章題である黙示録《アポカリプス》には世界の終わり、大災害といった意味がある。破滅、パニック、サバイバルはＳＦの定番素材だ。キム・チョヨプ「最後のライオニ」は廃居住区の見捨てられたロボットたちの物語、デュナ「死んだ鯨から来た人々」は住処となる生物群体〈鯨〉に発生した病の記録である。どちらも収録作では現実から時間も場所も最も遠く離れたところが舞台で、失敗した宇宙開拓の話だ。なお、キム・チョヨプは二〇二一年八月に初の長編小説『지구 끝의 온실（地球の終わりの温室）』を上梓した。こちらもナノテクノロジーの暴走により、自己増殖する塵に覆われた地球が舞台のポスト・アポカリプスＳＦだそうだ。デュナは、異星の寄生虫がある女性に対する愛情を媒介して町に感染させる「追憶虫」（斎藤真理子訳、『小説版　韓国・フェミニズム・日本』収録、河出書房新社、二〇二〇）も絶品なのでお見逃しなく。

　第二章「感染症――箱を開けた人々」収録のチョン・ソヨン「ミジョンの未定の箱」とキム・イファン「あの箱」は住居と同居に焦点を当てたＳＦだ。ロックダウンやステイホームという言葉と共に、私たちは自宅と向き合わざるを得なかった。「ミジョンの未定の箱」で引用された「もし本当に厳しい状況になったとき、時計の針を巻き戻して戻りたい瞬間はと訊かれたら、まさに今日だと答えるでしょう」というセリフは、記者会見で集団感染続出の報告と共に、状況の悪化を警告する文脈で実際にスピーチされたものだ。本作は取り返しのつかない喪失が痛切な時間ＳＦである。不思議な機械で時間を逆行したとも、心身の限界を超えて過去の記憶が走馬灯のようによぎったとも解釈できるが、いずれにせよ主人公が愛する人を守るために払うと決めた代償はあまりにも大きい。家賃の高さや女性二人のカップルが暮らす困難など現実の諸問題も本作に暗い影を落としている。「あの箱」の主人公は希望の見えない日々の中で、人工知能たちや、今のところ恋人というわけでもなさそうな知人となりゆきで家庭を築く。他者との関わりの重要性、個人の無力、生活サイクルをちゃんと続ける困難――これらの気持ちも多くの人がパンデミック中に改めて気づいたことではないか。

第三章「ニューノーマル――人類の新たな希望」の特徴は、社会や人間が変化に適応し、日常生活が続けられるさまを描いていることだ。ペ・ミョンフン「チャカタパの熱望で」は言語遊戯小説である。読者は読み始めてすぐに異様な読みづらさに面食らうはずだ。なにせ本作は、飛沫の飛散を抑えるため激音【息を強く吐き出す音。題名にあるチャ、カ、タ、パが該当する】や破裂音は使われなくなり、文章表現もそれに応じて変化した未来の文章という体裁なのだから。なお語り手の性別は不明で、翻訳者の斎藤真理子氏が著者に確認したところ、これは意図的なしかけだそうだ。近年の韓国語や英語のSF小説には登場人物のジェンダーが確定しないように書かれた例がいくつもあり、それが可能なのは日本語と違って、両言語とも一人称代名詞が性別《ジェンダー》によって変わらない《ニュートラル》からである。イ・ジョンサン「虫の竜巻」は他人との物理的接触が絶えた社会の話である。ただし作者がコメントしているとおり、そんな時代であっても人は関係性を求め、結婚に臨むという筋立てだ。マリッジブルー小説でもある。作者イ・ジョンサンは恋愛や性愛テーマを中核にして様々なジャンルの小説を書き、女性同士の愛もたびたび扱っている。

韓国では近年SFがよく読まれているという。はっきりとした理由はわからない。書籍販売会社の教保《キヨボ》文庫のデータによると、二〇一九年から二〇二〇年の一年でジャンルSFの売上げは五・五倍になり、SFはよく売れた本のキーワードのひとつだったそうだ。作家のデュナは、今日の読者の文化環境においてSF的な文脈や想像力は当然のものだから、SFが人気を博すのも自然だと述べ、また韓国のSF関係者によるこれまでの成果の蓄積が貢献したと語った。二〇〇四年にデビューし、デュナと並んで韓国SF作家の代表格たるキャリアを持つキム・ボヨンは、二〇一六年に囲碁プログラムがイ・セドル棋士に勝利し、ＡＩや科学技術への世間の関心が高まったのが原因ではと推測する。社会問題をテーマにした文学の読者が、関心を満たす本としてＳＦを読むという説もある。もちろん複数の原因があるのだろう。ＳＦ作家たちのジャンルを盛り上げる熱意と外部からのＳＦへの期待が相まって活況になった、と見なすのが適切ではないか。

本書の作風もまた一口には語れるものではない。ＳＦ読者、韓国文化に興味がある読者、現実から遠く変わった世界の物語を読みたい読者、共感できる物語を読みたい読者、いずれの期待にも応える部分がある。この本があなたが近くに、そして遠くに、思考を巡らせる助けになるだろう。

（ＳＦ書評家）

著訳者略歴

キム・チョヨプ（김초엽）　1993年生まれ。2017年「館内紛失」が第2回韓国科学文学賞の中短編部門大賞を、「わたしたちが光の速さで進めないなら」が同賞同部門佳作を同時受賞。19年に今日の作家賞を、20年に若い作家賞を受賞。著書に『わたしたちが光の速さで進めないなら』（カン・バンファ＋ユン・ジヨン訳、早川書房、20年刊）等。

デュナ（듀나）　本名、年齢、性別、経歴不明の覆面作家。ひとりの女性であるという説や3人の共同創作集団であるという説など、さまざまな推測がある。著書『蝶戦争（나비전쟁）』、『太平洋横断特急（태평양 횡단 특급）』など多数。映画評論家としても活躍。邦訳作品に「追憶虫」（斎藤真理子訳、『小説版　韓国・フェミニズム・日本』収録）、「盗賊王の娘」（同訳、「文藝」2020年冬季号掲載）がある。

チョン・ソヨン（정소연）　1983年生まれ。ソウル大学で社会福祉学と哲学を専攻する在学中に、ストーリーを担当したマンガ「宇宙流」が2005年科学技術創作文芸で佳作を受賞し作家デビュー。17年に韓国SF作家連帯を設立、初代代表に。英米のフェミニズムSFの翻訳も手がけ、弁護士としても活動中。著書に『となりのヨンヒさん』（吉川凪訳、集英社、19年刊）がある。

キム・イファン（김이환）　1978年生まれ。2004年より、14冊の長篇を刊行し、18冊の共同アンソロジーに参加。09年にマルチ文学賞、11年に若い作家賞、17年にSFアワード長篇小説優秀賞を受賞。著書に、『超人は今』、『絶望の玉』（ヤキナベ作画で双葉社より17年に漫画化）等。

ペ・ミョンフン（배명훈）　1978年生まれ。2005年に「スマートD（Smart D）」で科学技術創作文芸に当選し作家デビュー。多くの長篇、短篇、エッセイを発表し、10年に若い作家賞を受賞、12年には「サイエンスタイムズ」で「韓国SF作家ベスト10」に選ばれる。09年刊行の連作小説『タワー』（斎藤真理子訳で河出書房新社より22年刊予定）は韓国SFの記念碑的な作品として、21年には英訳版が刊行された。

イ・ジョンサン（이종산）　1988年生まれ。2012年に『象はさようなら（코끼리는 안녕,）』で第1回文学トンネ大学小説賞を受賞し作家デビュー。著書にいずれも長篇『怠惰な生活（게으른 삶）』、『カスタマー（커스터머）』、『Mud（머드）』等。

斎藤真理子（さいとう・まりこ）　翻訳家。訳書にパク・ミンギュ『カステラ』（共訳、クレイン、2014年刊、第1回日本翻訳大賞受賞）、チョ・セヒ『こびとが打ち上げた小さなボール』（河出書房新社、16年刊）、チョ・ナムジュ『82年生まれ、キム・ジヨン』（筑摩書房、18年刊）、チョ・ナムジュほか『ヒョンナムオッパへ』（白水社、19年刊、第18回韓国文学翻訳賞文化体育観光部長官賞受賞）、ファン・ジョンウン『ディディの傘』（亜紀書房、20年刊）等。

清水博之（しみず・ひろゆき）　ライター、翻訳家。著書に韓国語で執筆したエッセイ集『韓国タワー探求生活』（YOUR MIND、15年刊）、訳書にイ・ドウ『天気が良ければ訪ねて行きます』（アチーブメント出版、20年刊）等。ソウル「雨乃日珈琲店」運営。

古川綾子（ふるかわ・あやこ）　翻訳家。神田外語大学非常勤講師。第10回韓国文学翻訳院新人賞受賞。訳書にキム・エラン『走れ、オヤジ殿』（晶文社、17年刊）、キム・ヘジン『娘について』（亜紀書房、18年刊）、キム・エラン『外は夏』（同、19年）、チェ・ウニョン『わたしに無害なひと』（同、20年）等。

This book is published with the support of the Literature Translation Institute of Korea (LTI Korea).

最後《さいご》のライオニ　韓国《かんこく》パンデミックSF小説集《しょうせつしゅう》

2021年12月20日　初版印刷
2021年12月30日　初版発行

著　者
キム・チョヨプ、デュナ、チョン・ソヨン、
キム・イファン、ペ・ミョンフン、イ・ジョンサン

訳　者
斎藤真理子《さいとうまりこ》、清水博之《しみずひろゆき》、古川綾子《ふるかわあやこ》

装幀：川名潤

発行者：小野寺優

発行所：株式会社河出書房新社
〒151－0051
東京都渋谷区千駄ヶ谷2-32-2
電話　03-3404-1201（営業）　03-3404-8611（編集）
https://www.kawade.co.jp/

組版：KAWADE DTP WORKS
印刷：株式会社亨有堂印刷所
製本：加藤製本株式会社

Printed in Japan　ISBN978-4-309-20844-2

河出書房新社の本

まだまだという言葉
クォン・ヨソン　斎藤真理子訳

アヒル命名会議
イ・ラン　斎藤真理子訳

レモン
クォン・ヨソン　橋本智保訳

優しい暴力の時代
チョン・イヒョン　斎藤真理子訳

すべての、白いものたちの
ハン・ガン　斎藤真理子訳

野蛮なアリスさん
ファン・ジョンウン　斎藤真理子訳

こびとが打ち上げた小さなボール
チョ・セヒ　斎藤真理子訳

完全版　韓国・フェミニズム・日本
斎藤真理子責任編集

小説版　韓国・フェミニズム・日本
チョ・ナムジュ／松田青子／デュナ／西加奈子／ハン・ガン／深緑野分／イ・ラン／小山田浩子／パク・ミンギュ／高山羽根子／パク・ソルメ／星野智幸＝著
小山内園子／斎藤真理子／すんみ＝訳